雇用結婚した令嬢と記憶を失った軍神様

別所 燈

宝島社
文庫

宝島社

目次

雇用結婚した令嬢と
記憶を失った
軍神様
別所 燈
Akari Bessho

第一章　男爵家の娘

――別れは唐突に訪れる。それがたとえうららかな春の一日であっても。

明るい日差しの下で、リデルはドリモア男爵家の邸にある裏庭で洗濯物を干していた。

さわやかな風が白い布をたなびかせる。

リデルの柔らかく明るい茶色の髪は、吹き抜ける風にふわりと波打つように揺れた。

温かみを帯びた若草色の瞳が、青く晴れ渡った空を見上げる。

彼女はこんな日和(ひより)が大好きだ。洗濯物が実によく乾く。ほんのりと冷たさの残る朝の空気を胸いっぱいに吸い込むと、ここ数年で心の底にたまった澱(よど)みが晴れていく気さえした。

リデルは十七歳、もうすぐ十八歳になる。誕生日が楽しみだ。なぜならリデルはその日この家から解放されるから。そうしたら、父母のような温かい家庭を築くのだ。

そんな折、リデルの婚約者である次期タングス家子爵のギルバートがやってきた。

リデルは彼に向かって大きく手を振る。しかし、彼の表情はいつになく固い。その隣に寄り添うように従姉のイボンヌがいる。何事だろうとリデルは首を傾げた。

緊張した面持ちのギルバートはリデルの前で足を止めるとおもむろに口を開く。

「リデル、すまない。イボンヌとの間に子が出来たんだ」

突然のことでリデルはぽかんとした。

「え……、おっしゃっている意味が全くわかりませんが」

何かの冗談だろうか？

イボンヌはリデルの従姉だ。彼女と自分の婚約者であるギルバートとの間に、子が出来るはずがないのだ。

「本当に申し訳ない」

ギルバートが頭を下げる。

「リデル、本当にごめんなさいね。私たちが愛し合ってしまったばかりに」

イボンヌがギルバートの横でさめざめと泣いている。そんな彼女をギルバートが労わるように支えていた。イボンヌは、やせ形のリデルとは違い非常に肉感的な美女だ。つややかな黒髪に情熱的な光を宿す黒い瞳を持っている。加えて、都会的で駆け引きが上手だ。確かに男性から見たら、イボンヌは魅力的な女性なのかもしれない。

だが、リデルは二ヶ月後にギルバートと結婚式を挙げる予定だったのだ。

「そんな……、どうして？」

この家からやっと解放されると思っていたのに。

どうしたってリデルの感情は、突き付けられた事実に追いつかない。ぐらりと足元が崩れていく気がした。

その後、リデルは茫然自失の状態で邸に戻ると、サロンに呼び出され、伯父夫妻と向かい合わせに座らされた。そこで、ギルバートとリデルの婚約を白紙に戻し、新たにイボンヌとギルバートが結婚する予定だと聞かされた。

「……私はどうすればいいのです？」

伯父オットーの非情な言葉に、リデルは震える声を絞り出す。悲しめばいいのか、怒ればいいのかわからない。混乱は続いていた。

二ヶ月後にはギルバートとの結婚を機に領地を離れ、父や母のような温かな家庭を築けると思っていた。それなのに。

「リデル、生まれてくる子のためにもここは身を引いてくれるな？」

オットーが決定事項を確認するように言う。そもそも、この婚約話を進めたのはオットーなのに身勝手な話だ。

「そうよね。今まで親のいないあなたの面倒を無償で見てきたのだもの、その恩に報いてくれないかしら。まさかイボンヌの子を父親のいない子にするわけにはいかないでしよ？」

伯母のミネルバが当然のことだと、イボンヌをかばう。

リデルの両親は四年前に他界している。唯一リデルの味方をしてくれていた従兄のクルトは三年前から外国に留学していて、この場にはいない。

「……わかりました」

これから先もこの家で生きていくためには、そう答えるしかなかった。結婚することもなく、ずっと今のようにオットー達に振り回される生活が続くのだろうか。

イボンヌに寄り添っていたギルバートを思い出す。もうすぐこの家から出ていける……、リデルはそんな心のよりどころを失い、しばし呆然と絶望の間をさまよう。

結局、リデルの思い描いていたささやかな幸せは、跡形もなく崩れ落ちてしまった。

リデルが十三歳のとき両親が馬車の事故で亡くなった。その後すぐに伯父家族がドリモア男爵家に入ってきた。それまでリデルはオットーに会ったことがなかったが、父からはオットーが若いころに祖父の怒りを買い家から追い出されたと聞いていた。だから、

次男である自分が後を継いだと……。

オットーは家族がいなくなったリデルの後見人になったが、リデルが気づいたときにはオットーがドリモア男爵家を継ぎ、息子のクルトがその後継者になると決まっていた。

そうして、リデルの幸福だった子ども時代は終わりを告げてしまったのである。

クルトがいたころはまだよかった。しかし彼は、贅沢好きのオットーの後妻であるミネルバやミネルバの連れ子で義理の妹イボンヌ、イボンヌを甘やかす父オットー達と衝突が多くなり、他国で領地経営について学ぶと言って留学を決め、三年前に家から出ていってしまった。

クルトがいなくなってから、リデルの生活はさらに大きく変わった。リデルは伯父家族と王都のタウンハウスに暮らしていたのだが、それまで使っていた部屋はイボンヌに奪われ、社交会にデビューもしないまま領地に押し込められた。伯父家族はときたま領地にやってくるだけで、ほとんどを王都のタウンハウスで過ごし、贅沢な暮らしをしている。

そのためオットーに代わり、リデルが領地のこまごまとした仕事をするようになった。

しかし、その一方で予算と人事権はすべてオットーが握っているので、リデルが自由になるものはなく、世話をしてくれるメイドもいない。

領地の使用人はほとんど削られ、リデルは身の回りのことはすべて自分でこなしながら、領地の雑務もするという使用人たちと変わらない日々を送っていた。

そんな折、オットーの勧めで隣の領地のギルバートと婚約することになった。リデルに異論はない。むしろその時は、ギルバートで良かったとすら思っていた。

彼とは、婚約者となってから知り合ったが、穏やかな人柄に親しみすらもって接するようになっていた。リデルは彼との関係にずいぶん慰められた。

そして結婚すれば、この家からも労働からも解放される。いつしかその日を夢見るようになっていたのだ。

――ことの発端は、六ヶ月以上前に遡る。

「久しいわね。リデル、私はしばらくこの辺鄙な領地にこもることになったの。身の回りの世話をよろしくね」

突然王都からイボンヌがやってきた。まだ、社交シーズンは始まったばかりだというのに、派手好きのイボンヌにしては異例のことだ。

「イボンヌお姉さま、こちらにはいつまでいるんですか」

この従姉はリデルの二歳上で、ミネルバのように直接いじめるわけではないが、わがままだし人をこき使うのでリデルは憂鬱だった。

「今年の社交シーズンの間だけよ」

「え？　どうかしたのですか？」

イボンヌは社交シーズンをいつも楽しみにしているのでリデルは訝(いぶか)しく思った。その一方で、リデルはデビュタントすらしていないので、社交の世界がどういうものなのか今ひとつわからないでいた。

「うるさいわね。いろいろあって、ほとぼりが冷めるまでこっちにいることになっちゃったのよ。ちょっとお茶の準備くらいなさい！　気が利かないわね」

　イライラとして当たってくるイボンヌを見て、いつものように王都で何かしでかしたのだろうと見当をつける。今頃、娘に甘い伯父夫婦が彼女のやらかしをいろいろともみ消しているはずだ。

　イボンヌが領地に帰ってきた時、リデルはただ面倒なことになったと思っただけだった。だが、王都で暮らしていた都会的で華やかなイボンヌと、領地からあまり出ず世慣れていなかったギルバートが恋に落ちるのはあっという間だったようだ。

　素朴で誠実な人だと思っていたギルバートが、出会って六ヶ月でイボンヌとの間に子どもを作ってしまったのだから。

◇

婚約破棄騒動からひと月後、夕食後の片づけをしているとオットーに呼び出された。

「お嬢様、旦那様がお呼びです」

「はい？」

オットーに呼ばれるのはギルバートとの婚約解消以来だ。できれば顔も見たくなかったので、リデルが戸惑っていると。

「ほら、ぼさっとしてないで、さっさといってくださいよ！」

この家の執事がそう言って眦（まなじり）を吊り上げた。昔からいた優しい執事は伯父夫婦が家に来た途端暇を出され、この執事のように、お嬢様と言いつつリデルをぞんざいに扱う使用人たちに入れ替えられてしまった。

オットーの執務室に入ると開口一番「実はお前に結婚の申し込みがあった」と言われた。寝耳に水だ。婚約破棄された自分は、一生独身かもしれないと覚悟していたからだ。

「本当ですか？　いったいどちらから」

この息苦しい家から出られるものならばすぐにでも出たいが、いったいどんな人が求婚したのだろう。

「ウェラー侯爵家のフリードリヒ様だ」

「え？　ウェラー侯爵家ですか？」

普通なら侯爵家へ嫁ぐと言えば、玉の輿と喜ぶところだろう。だが、ウェラー侯爵の噂はこちらでも耳に入っている。

我が国の若き将軍であり軍神と呼ばれ王家の覚えもめでたい一方、侯爵位を継いで以来ずっと戦地を渡り歩き、戦闘狂と噂されている人物だ。社交界に姿を見せることはまれで、もちろん、リデルも見たことはない。

しかし、それにしてもドリモア家は男爵家だ。身分が違い過ぎるのではなかろうか。

「そのような高位の貴族の方が、なぜ私に？」

「なぜもなにも相手方が望んでのことだ。お前も侯爵家に嫁げて幸せだろう」

「は？」

婚約破棄の傷もまだ癒えてはいない。そのうえ、当主は戦闘狂などという噂のある侯爵様だ。資産があるにもかかわらず、今年二十四歳を迎える侯爵は婚約者すらできたことがないと聞く。まもなく十八歳になるリデルとは六歳離れている。

「うちには借財があってね。侯爵閣下はお前を嫁に出せば肩代わりしてくれるという。この話は決まったことだ。明日侯爵閣下が我が家にお越しになられる。失礼のないのように準備をしなさい」

借財があるなんて初めて聞いた。

「そんな……。伯父様、借財とはどういうことですか？」

しかし、オットーは面倒くさいのかリデルを追い払うように手を振るだけで、それには答えない。

「ドリモア家は侯爵閣下には恩があるということだ。お前も誠心誠意尽くすんだ」

「説明してください」

「妾（めかけ）や年寄りの後妻になるわけでもない。婚約破棄されたお前には身に余る話だ。それ以上は口をつつしめ」

不安はあったが、家から出られることは願ったり叶（かな）ったりだ。だがそれよりも、これまで知らなかったドリモア家の事情にリデルは驚いていた。ドリモア家の借財とはどういうことなのだろう。だが、オットーは説明を拒否してリデルは詳細を聞く間もなく、執務室を追い出されそうになる。とその時、ふと鋭い視線を感じ振り返ると戸口にはいつの間にかイボンヌが立っていた。

「お父様！　リデルが侯爵家に嫁ぐというのは本当ですか！　それはつまり、子爵家に嫁ぐ私よりも格上になるということですよね？」

彼女はリデルを突き飛ばすような勢いで執務室に入ってきた。

「そんなのおかしいわ！　私と代わることはできないの？」

「おい、イボンヌ、お前は何を言い出すのだ！」

オットーが驚いたように言う。

イボンヌはギルバートとの子どもをその身に宿していて、もうすぐ結婚もする身だ。この従姉は、いったい何を言い出すのだろう。リデルは驚きに目を見張った。

「お姉さまは、ギルバート様の子を宿しているのではないですか」

するとオットーがいらいらとした様子で、リデルを叱りつけた。

「リデル、いつまでお前はそこにいるんだ。さっさと仕事にもどれ」

「でも伯父様、お姉さまが」

イボンヌが突然ぎゅっとリデルの手を握る。

「リデル、ここにいて。お父様、私はギルをリデルに返すわ。それで侯爵家には私が嫁ぐの。その方がリデルも幸せよね？」

イボンヌの言葉に唖然(あぜん)とした。

「お姉さま。それはどういうことです？　おなかの御子は？」

「イボンヌ、黙れ！　いい加減にしないか！　おい、誰かいないか！　リデルをこの部屋からつれだせ」

リデルは、オットーのいる執務室から強制的に追い出されてしまった。

（いったい何が起こっているの？　明日の朝一番でお姉さまを訪ねてみよう）

しかし、翌日リデルがイボンヌに会うことはかなわなかった、彼女の部屋の前には使用人たちが立ち、近づくことすらままならない。イボンヌは部屋に閉じ込められてしまったのだろう。

結局リデルはミネルバとタウンハウスから引き揚げてきたメイドたちに強制的にドレスを着つけられ、侯爵を待つことになった。心の準備も何もできていないままで。

きつく締められたコルセットのせいで食欲も失せた昼下がりに、若き将軍を乗せた侯爵家の立派な馬車がやってきた。

伯父夫婦とともにエントランスで出迎える。

やがて四頭立ての馬車からはマントを羽織った大柄な男性が降りてきた。北方の人間らしく砂色の髪をもち背が高くまだ若い。ほりの深い顔立ちは整っていて美しい。

しかし、辺りを威圧するように睥睨（へいげい）する冷たいアイスブルーの瞳に、こめかみにうっすらとある傷、翻るマントから覗（のぞ）く軍服や腰に佩（は）いた剣、恐ろしさに足がすくんだ。リデルは軍人というものを初めて見た。

侯爵は剣を腰から外すとそれを従者に預けた。それを見てリデルはほっと息をつく。

「これは、これは、侯爵閣下遠路はるばる……」

揉み手で挨拶をするオットーの横を素通りして、かつかつと規則正しく軍靴を鳴らし、無表情の侯爵がまっすぐにリデルのもとにやってくる。あまりの迫力にリデルは一歩後ろに下がってしまう。

（粗相したからって斬り殺されることはないわよね？）

「あなたがリデル・ドリモア嬢か？」

「は、はい」

暖かい日差しをはじくような冷たい眼光に恐れをなし、慌てて挨拶をしようと膝を折るが、それより早く彼が跪く。

「リデル・ドリモア嬢、あなたに結婚を申し込みに来た。どうかご承諾いただきたい」

なんの挨拶もなく本人確認の後、突然求婚された。そしてリデルには受け入れる選択肢しか用意されていないのだ。

「……はい」

リデルは引きつる顔と消え入りそうな声で承諾の返事をした。

◇

それから、二人はサロンで向かい合わせに距離を取って座った。侯爵はなぜか伯父夫妻の同席を断った。

メイドがお茶を淹れて出て行くとおもむろに口を開く。

「君と婚約するうえでまず伝えておきたいことがある」

「なんでしょうか」

リデルはフリードリヒと相対すると緊張してしまった。彼は会ってからずっと無表情で、感情がないのかと心配になる。

（それとも何か気に食わないことがあるのかしら？）

「私は君を愛せない。だから、君も私を愛そうと努力をする必要はない」

第一印象は最悪である。

彼の言葉には驚かされたが、ショックはそれほど受けなかった。軍神と呼ばれる我が国の将軍で、これだけ見目も良い侯爵が、デビュタントもしていないリデルに求婚したのだ。何かあると思っていた。侯爵は二十四歳のこの年になるまで婚約者どころか女性との噂もなかったそうだ……。

だからといって、こういうことを初対面で言うのはどうかとリデルは思う。あまりに失礼だ。もう少しオブラートに包めなかったのだろうか。

「なぜ、そのようなことをおっしゃるのです？」

恐れとなけなしのプライドと好奇心がいりまじり、震える声で尋ねる。

「君は婚約を解消したばかりで、元婚約者に未だ心が残っていると聞いた」

ぶしつけで失礼な人——彼に対しての印象が固まる。

「はい」

そのせいか、リデルはすんなりと肯定していた。

「私は気にしない」

「はい？」

「お互いに干渉しあわない結婚が望ましい。これはいわば結婚という形を借りた契約だ。私の条件を聞き、証書を交わしてくれるのであれば、君の家の借財は侯爵家で肩代わりする」

淡々と語るその顔には感情らしきものは全く浮かんでいない。本当に氷のように冷たい人だ。先行きが思いやられるが、リデルはこの結婚は断れないとわかっている。

「承知いたしました」

リデルが了承すると、侯爵は頷いた。

「私は寝室に他人がいると眠れない。仕事ならば割り切れるが、自分のプライベートな空間に他人を入れたくはないのだ。だから、君には敷地内にある別邸を与える。私が本邸にいる時は、用もなく入ってきてもらいたくない」

つまり本邸にリデルを入れたくないということだ。

「それではまるで、囲われている愛人のようですね」

最初に感じた恐れより、怒りと疑問が膨らんで、思わず相手を責めるように言ってしまう。彼は何のためにこんな結婚をしようというのだろう。しかし、侯爵の表情は微動だにしない。

「……君のことは侯爵夫人として丁重に扱う。私は、私を理解してくれている邸の使用人たち以外は近づけたくないのだ。もちろん、君とは寝室も別になる」

いくらこの結婚に期待していなかったとはいえ、衝撃的な条件ばかりだった。

「それは、私との間には跡取りの子を設けないということですか？」

「そうだ。この件に関しては君の名誉が傷つかないように何でもするつもりだ。私はこの国の騎士でもあるから戦いの傷が原因で子ができないというのはどうだろう。そして、適当な時期に養子を選べばいい」

リデルはフリードリヒの言葉を聞いているはずなのに頭に入ってこず、彼の言葉に一言も返せないでいた。

フリードリヒの話はさらに続く。

「君には選ぶ権利がある。しかし、私と結婚すれば不自由な生活はさせないつもりだ。恋人を作ってもかまわない。もちろん大っぴらにしてもらっては困るし、その男との間に子が生まれてもウェラー家の人間としては認めない」

リデルには選ぶ権利などないし、妻としても完全に否定された気持ちになる。

その一方で、フリードリヒは名門貴族の跡取りなのに、自分の血を残さないというのはどうしてなのだろうかとリデルは疑問に思った。

「そこまでして、どうして……」

結婚しようと思うのか不思議だった。

「爵位を継いでしまったから、一生を独身で通すわけにはいかない。大臣たちが自分の娘をあてがおうとうるさいのだ。そういう政略的なものに巻き込まれたくない。それから、私には質の悪い親戚がいる。前の遠征で留守にしたときには、領地を好き放題にされた。私は軍人だから戦争が始まれば戦地に向かう。だから留守の間、領地を任せる人間が必要なんだ」

（留守の間、領地を頼みたいということ？）

「それは、私を信用されるということですか？」

「いや、身上調査はしたが君の内面まではわからない。侯爵夫人になっても、君が私の領地で罪を犯せば、相応の罰を与える。領地において私は裁判権を持っていることを決して忘れないことだ」

　フリードリヒはリデルを威嚇するかのように目をすがめる。

　ぞわりと背筋に寒気が走る。この人は数多の戦場を駆け抜けた軍人で、人を本当に殺せる人なのだと本能的に理解した。

「貴族出身の妻に領地を任せることができれば、親族も私の領地で好き放題はできないからね。私はドリモア家の借財を肩代わりし、結婚してからは君の生活を保障し、侯爵夫人として恥じないだけの小遣いも用意する。宝飾品やドレスを買うには十分な金額だ」

　冷遇されているようで冷遇されていないような不思議な条件に、リデルは若草色の瞳を瞬いた。

「社交シーズンには妻同伴のものもあるから、一緒について来てほしい。後は自由に買い物でも茶会でも好きにすればいい。私が戦地へ行っていないときは王都で暮らしてもかまわない。これは結婚という名で結ぶ契約であり取引だ」

やっとこの結婚がリデルの心にすとんと落ちた。

高位の貴族の娘より、どうにでも出来そうな男爵家の娘を選んだということなのだろう。リデルは緊張に汗ばんだ手で、持った扇を握りしめる。

「つまり私が結婚相手に都合がよかったということですか？」

不躾だとは思ったが、黙っていられなかった。

「そうだ」

彼は眉根一つ動かさず、声に抑揚すらない。どこかで心を落としてしまったのだろうか。

「ところで、私にはきちんとした領地経営の経験がないのですが、どういたしましょう」

リデルはなんとか感情を排して、さっそく事務的な話に移った。彼女が生きる道はこの結婚しかないのだとわかっていたから。

「そうかな？　この領地を切り回していたのは君でたいへんな働き者だと聞いたが。まあいい、うちには信頼できる家令がいるから、これから学んでもらえれば大丈夫だ」

「それならば、信頼できる家令に任せればいいのではないですか？」

「彼らは平民出身でね。私が留守をしている時、男爵位を持つ私の親族たちの横暴を止められない。過去には親族たちは勝手に使用人を追い出して、多額の金を着服したこともあった。しかし、貴族の妻が領地にいるとなれば話は別だ」

「……私にそれを止めろと？」

それほど業突く張りな親戚たちを止められるだろうか？　男爵家の小娘とあなどられるのではないかと、リデルは先行きが不安でならなかった。

「もとより彼らは王都が好きだ。金が欲しくなければ、王都から離れた極寒の領地には来ない。君に渡す小遣いは結婚の報酬と思ってくれ、きちんと侯爵夫人としての役目を務めてくれれば、それ相応の礼はするし、領地を親族たちから守ってくれた時はその都度、賞与も渡す。君はその金で、王都で贅沢するなり、好きにすればいい」

一生独身でこの家で邪魔にされ、そのうち修道院に送られるくらいなら、割り切って彼の条件を呑んだ方がよい。両親のような家庭を持つことを諦め、結婚ではなく就職すると考えるべきなのはわかっている。就職として考えれば、割のいい職場だ。

つまりこれは結婚という名をかりた雇用契約。彼は夫という名の雇用主。

「もしも、私がご親族に取り込まれてしまったら、どうするのです？」

すると彼が口の端に薄く笑みを浮かべた。ああ、この人も笑うことがあるのだなと思った。その表情は、不気味で凄味が増すけれど……。

「うちの親族はそのようなまどろっこしい真似はしない。君を取り込もうとするより、排除しようと動くはずだ。このことはこの結婚を受けるにしても蹴るにしても他言無用で願いたい。身内の恥なのでね」

目の前の侯爵の圧力が増して、あたりの気温が五度ほど下がった気がする。そんなことをされなくても十分にわかっているのに。命は惜しいのでリデルは他言などしない。

それにしてもフリードリヒはギルバートとはずいぶんタイプが違う。ギルバートは優男だが、フリードリヒは体も大きく美丈夫といったところだ。秀麗な面立ちであるにもかかわらず、美しさより、冷たさと恐ろしさが先に立つ。黙っていても笑みを浮かべても怖いと思った。

「絶対に他言はしません。それに誰が信じるというのです。私が不当に侯爵家を貶めていると思われかねません」

彼は戦闘狂と噂され女性になびかないので氷の軍神と呼ばれているが、一方では戦いの功績から高く評価され、王侯貴族から信を得ているのを忘れてはならない。周りが誰の言うことを信用するかは白明の理だ。男爵家の娘など木っ端も同然。

「理解が早くて助かる」

そう言って彼は口を引き結んだ。その顔は凛々しくもあり、いかにも情が薄そうだ。冷たいアイスブルーの瞳からは何の感情も読み取れない。

侯爵は話が済むと、結婚の条件が書かれた証書をリデルに差し出す。リデルはそれを丹念に読んでから、事務的にサインをした。内容はまるで雇用契約だ。

それから、彼はおもむろにリデルへの結婚の贈り物を取りだした。リデルが礼を述べ包みを受け取って開くと、中から上質なダイヤのネックレスが出てきた。これほど高価な物は生まれて初めて目にする。

「こんな高価な物を……。あ、ありがとうございます」

驚きにリデルの声は震える。慌てて席を立ち、腰を折り、頭を下げる。

しかし、侯爵はというと、リデルを置いてさっと帰ってしまった。まるで突然襲ってきたブリザードのような人だ。

(まだ結婚していないのに。なぜ、ここまでしてくれるの?)

リデルはその晩、悶々としてベッドの中で過ごした。この婚姻に不安を感じているの

だ。しかしどうにも寝付けなくて廊下へ出ると、サロンから明かりが漏れているのが見えた。誰か起きているのだろうか？　近づいていくと話し声が聞こえてきた。

オットーたちがまだ起きているようだ。

「なぜ、あの子が侯爵様と結婚を？　私は子爵家に嫁ぐというのに。舞踏会で一度だけ見たことがあるわ。とても美しい方だけれど、どの令嬢にも今まで靡かない方だったのに、どうしてリデルと結婚させるの？」

悔しそうなイボンヌの声が聞こえる。

「あのお方はやめておけ。娼婦の愛人を囲っているとか、女性に興味がなく男色なのではないかという噂まである。軍隊にはよくあるそうだ」

オットーが珍しくイボンヌをいさめていた。

「それに、リデルは侯爵からの指名だ」

「え、なぜ？」

イボンヌが驚きの声を上げる。

「お前は正式なドリモア男爵家の人間とは認められないそうだ。お前たちはもともと平民だろう。この家で貴族なのは私と先妻の子クルトとリデルだけだ」

「そんな馬鹿な！　私たちはれっきとした貴族だわ」

「私がお母様の連れ子だからってあんまりよ！」

ミネルバとイボンヌが一斉にオットーに抗議した。

「この国の慣習だからな。お前たちは貴族とは認められない」

「でも舞踏会にはお呼ばれするし、殿方もレディとして扱ってくれるわ」

「それは大きな商会の娘も同じだし、女優や俳優もそうだ。それにイボンヌ、お前はギルバートが好きでリデルから奪ったのではないのか？」

「ちょっと暇だったから相手をしただけよ。田舎者のギルが勝手に私に夢中になってリデルを捨てただけの話じゃない」

それを聞いてオットーがため息をつく。

「リデルは嫁いだとしてもお飾りの妻だし、侯爵家の領地は冬には雪と氷に閉ざされると聞く。王都に出てくるだけでも大変だ」

「それでも、侯爵夫人よ。それに侯爵様は、彼がこの国にいれば他国に脅かされることはないと言われて、軍神として国民に慕われているわ。地位も名誉もあって、資産もあるから贅沢もできる。それをみすみすリデルに渡すというの？」

イボンヌは納得できないのだろう。

「お前は将軍という職と侯爵の地位に惑わされ勘違いしている。質素な方で派手なことは嫌いだし、相当な変わり者でただの戦争屋だ。それに領地は極寒の地。嫁いだとしても華やかな生活は期待できないぞ」

「王都のタウンハウスにずっといればいいじゃない？」

当然のことのようにイボンヌが言う。

「そんなわけにいかないだろう」

オットーが唸(うな)るような声を上げる。

「いっそのこと、先に縁談がきた年寄り伯爵の後添(のちぞ)えにしてやればよかったのに。あの娘が侯爵夫人だなんて生意気だわ！」

ミネルバが悔しそうに吐き捨てた。

「仕方がないだろう。侯爵家の方が圧倒的に良い条件で縁談を持ってきたのだから。それもこれもこの家に借財があるからこうなったんだ」

盗み聞きなんて卑しいことだ。しかし、リデルは足に根が生えたようにその場から動けなかった。腹が立ってしょうがない。

リデルは伯爵家と侯爵家の間で、より高値を付けたほうに売られたのだ。

◇

ウェラー侯爵が訪ねてきてから半月もしないうちに、リデルは迎えに来た侯爵家の立派な馬車に乗って、王都へ向かうことになった。

侯爵と結婚するためだ。フリードリヒは忙しいとのことで、ドリモア家まで迎えに来たのはウェラー家の家令だった。

「こんなに急なお話だとは思っていませんでした」

高位貴族の結婚は準備がいろいろとあり、婚約期間があるものだと思っていたのでリデルは驚いた。

「ええ、ご主人様は結婚を急がれています。というのもわがノースウェラー領は王都に比べて冬が来るのが早く寒さもきびしいので、社交シーズンが終わる前後に冬支度をしなければなりませんから」

「冬支度ですか？」

ウェラー家の治めるノースウェラー領は王国の北方に位置し王都まで片道五日かかるという。ドリモア家は領地こそ狭いものの王都へ行くには二日もあれば十分だ。

「薪（まき）の調達や食料の保存、建物の補強などやっておかなければならないことが多々あり、社交シーズンの最後まで王都にいることができないのです。だから、春の終わりを逃すと結婚は来年以降になってしまいます」

北の地を知らないリデルにとってはいまひとつピンとこないが、侯爵家にもいろいろと事情があるようだ。

今回の結婚では、持参金もなしでウェディングドレスも飾りもすべて侯爵家で用意してくれるということで、リデルは身一つでウェラー家に嫁ぐ。

馬車の窓から見えるドリモア家の領地を眺める。もう二度と戻ってこないだろうとわかっていても、リデルは驚くほど何の感傷もわかなかった。両親亡きこの地は、すでに伯父家族にけがされて自分の故郷ではないのだと感じた。

わずかばかりの解放感と大きな不安を胸に、リデルは生まれ育った領地を後にした。

◇

王都に着くとすぐウェラー家のタウンハウスへ向かい、門から馬車でエントランスへと向かう。ウェラー侯爵家はドリモア男爵家よりもずっと大きくて立派なタウンハウスを所有していた。

夫となるフリードリヒの出迎えはあったが、形ばかりで彼はにこりともせず、すぐに執務室に引きあげてしまった。覚悟はしていたが、歓迎されているとは思えない。

リデルは家令に案内され玄関ホールにある大きな中央階段を上り、天井が高く長い廊下を歩いていく。大きな両開きの扉の前まで止まる。

「こちらがリデル様のお部屋です」と言って家令が扉を開けた。

すると、意匠を凝らした猫足のティーテーブルに、座り心地のよさそうなソファや椅子が目に入る。そして大きな陶器の花瓶にはまるでリデルの到着を歓迎するかのように赤やピンクからなる大輪のバラがいけられていて、続いて案内された寝室には美しい布が重なる天蓋付きのベッドがあった。あまりの豪華さにリデルはたじろぎ、戸惑ってしまう。

（あれ、もしかして、歓迎されているの……？）

ドリモア家では決して口にすることのなかった香り高いお茶を飲んで一息つくと、すぐに婚礼の衣装合わせが始まった。

純白のドレスにパールがあしらわれた豪華なもので、サテンの布地が光沢を放つ。パールやダイヤの飾りに驚かされた。あまりにも高価すぎて本当にこれを自分が身に着けるのかと信じられない気持ちで、どこか他人事のように感じられる。

その後は式の手順の説明を受け、結婚式を挙げる神殿に赴き挨拶をし、三日後には神官の前で形ばかりの誓いを交わし、侯爵家とは思えないほど簡素な結婚式を挙げた。リデルの豪勢なウェディングドレス以外は……。

驚くほど慌ただしく淡々と進んでいったため、リデルには誰かの妻になったという実感がまだわかない。突然降ってわいた結婚と環境の大きな変化に気持ちがついていかないのだ。慣れない生活の中に、ぽつりと取り残されたような気さえしていた。

使用人たちはみな親切で働き者で、かいがいしくリデルの世話をしてくれるので不自由はないが、フリードリヒとは家令を通しての筆談のみだ。それほど妻に会いたくないのか、噂通りの変わり者なのか……。宙ぶらりんな状態で、リデルはタウンハウスの中でもどうふるまったらよいのかわからずにいた。

リデルが侯爵と交わした契約は、彼が留守の間領地を預かることと、業突く張りな親族から領地と使用人たちを守ることだ。

食事は当然のように夫婦別で、用があっても直に会って話すことはかなわず筆談というのは十八歳になったばかりのリデルには思いのほかこたえた。

彼を夫だと思うから、嫌われているのかと悲しくなったり、疎まれているのかと傷ついたりするのだ。ならば、雇用主だと割り切ってしまえばいいのだ。

「つまり、使用人頭のような何か……かしら？」

リデルは食後においしい紅茶を飲みながら独り言ちた。

◇

三日後、王宮で開かれる夜会に参加する準備をしていた。フリードリヒは侯爵夫人にふさわしいシャンパン色の華やかなドレスと大きなエメラルドをダイヤで縁取ったネックレスを贈ってくれた。ドレスは袖がふわりと膨らんだ最新流行のデザインだ。鏡を見ると衣装も飾りもリデルの柔らかなライトブラウンの髪や若草色の瞳に映えよく合っていた。生まれて初めて身につけるものばかりで、肌着すら滑らかで心地よい。結婚式のときに身につけたパールやダイヤも素晴らしかった。

借財を肩代わりしてもらう身で、ここまでしてもらっていいものかと気が引けていたが、メイドたちに髪を結われ、化粧を施されて「奥様、お美しいですよ」と褒められると、心細さも和らぎ気分が高揚してきた。

それから夫婦そろって、初めて同じ馬車に乗り王宮へ向かう。馬車の中では多少の会話という名の打ち合わせはあったものの、両者ほぼ無言でぎこちない空気が流れていた。

フリードリヒはリデルがドレスや飾りの礼をしても頷くだけで反応が薄く、早くもリデルの気持ちは萎んできた。

馬車から降りると、リデルはフリードリヒにエスコートされ会場に向かう。彼のエスコートは少しぎこちなく、女性にあまり慣れていない様子がありありと伝わってきた。それどころか彼はリデルとの間に適度な距離を保って、決して近づいてこようとしない。嫌われているというより、恐れているかのように感じられた。

(……まさかね?)

リデルは不思議そうに背の高いフリードリヒを見上げた。

その姿に緊張している様子は微塵もないが、一部の隙もなく会話の糸口すら見つからない。

彼は初めて会ったとき、干渉しあわない仲が望ましいと言っていた。だから私語は厳禁なのだろうか?

貝のように口も心も閉ざすフリードリヒに、リデルはそっと溜息をついた。これから彼とは長い付き合いになる。普通の夫婦になれなくとも、もう少し距離を縮めたいと考えていたが、今はまだ無理そうだ。

ウェラー侯爵家が付き合いのある王侯貴族への挨拶が済むと、騎士であり彼の同僚だというトニー・アンドレア伯爵に紹介された。彼は戦場では常にフリードリヒの副官を務め、付き合いも長いという。トニーはフリードリヒと違い、きさくで陽気な人だったので軍人にもいろいろあるのだなという感想をリデルは抱いた。

それからフリードリヒとダンスを一曲踊った。

下手ではないのだが、彼のリードはエスコートの時も感じたようにどこかぎこちない。どうやら踊りなれていないようだ。

リデルがそんなことを考えながらステップを踏んでいると彼がぼそりと言った。

「私は軍人だ。いつ何があるかわからない。もしものことがあれば、トニーを頼れ」

彼女がはっとして顔を上げた瞬間、ダンスは終わった。

そのあと、すぐに彼は王族の席に呼ばれてしまった。二年前の戦争での功績が認められ今や王家の信頼も厚いらしいフリードリヒは、第二王子と真剣な表情でひそひそと話し込んでいる。

そういえば、リデルが王都の夜会に来たのはこれが初めてだ。王宮はリデルの想像より、ずっときらびやかで、まるで別世界に来てしまったように感じる。あの大きなシャンデリアはどうやって天井まで吊り上げたのだろう。そんなことまで不思議に感じた。

寄木細工の床はピカピカに磨かれ、壁面には大きな鏡が飾られ、きらびやかな紳士や淑女を映し出している。

すべてが夢の中のできごとのようでふわふわとして現実感がわかない。そのせいだろうか。思ったほどどきどきすることもなく、緊張感も薄かった。

一人ぽつんと立っていても仕方がないので、リデルは壁際に移動する。給仕から飲み物をもらって席につき、やることもないのできつね色の焼き菓子をつまむ。バターが香ばしく口の中で香り、生地がほどけていく。これほどのおいしい焼き菓子を食べたのは初めてだ。

隣の皿のオードブルにも手を伸ばしてみた。最高においしくてリデルは舌鼓を打つ。この料理が食べられただけでも王宮に来たかいがあると感じた。

貴婦人たちは先ほどからチラチラとリデルを観察するばかりで誰も近寄ってこない。みなリデルとの距離をはかりかねているのだろうか。身分差のある結婚だから仕方ないかもしれない。

だが、「すぐに離縁されるのではないか」という心無い声が耳に入る。リデルは聞こえないふりをしてやり過ごした。着飾った貴婦人たちは、リデルを遠巻きにして扇で口元を覆いクスクスと笑っている。「あれが婚約者を平民出の従姉に奪われた娘」、「ウェラー侯爵家のお飾り妻よ」と聞こえよがしに言われ少々居心地が悪くなってきた。こんなに早く、王都にまで噂が広まっていることに驚きを覚える。

「リデル」

そんな時に名を呼ばれ顔を上げるとイボンヌがいた。

いずれにしても故郷を出てから、一番見たくない顔だった。

イボンヌは最新流行のドレスに身を包んでいる。リデルは悔しさにぎゅっと己のドレスをつかんだ。リデルはそのために侯爵家に売られたのだから。

しかし、そこでふと我に返り疑問に思う。おなかに子がいるというのにコルセットで体を締め付けて大丈夫なのだろうか。

「気の毒ね。夜会で置き去りされるなんて、フリードリヒ様とは結婚したばかりなのにうまくいっていないの？　私、心配で」

そう言うイボンヌの顔は優越感に歪んでいる。

「イボンヌ、ケーキを持ってきたよ」

そこへギルバートがやってきた。

しかし、ギルバートはイボンヌの前にリデルが座っているのを見て顔をこわばらせる。

「ありがとう。ギル」

イボンヌはわざとこのタイミングを狙ったのだろう。彼女らしい。

「あなたの旦那様は、あなたに食べ物すらとってきてくれないの？」

いかにも心配そうに聞いてくる。

「旦那様は、お仕事がお忙しいようですよ」

リデルが澄まして答えると、イボンヌはカチンときた様子で顔を引きつらせる。

「あら、ギルが暇だとでも言いたいの？」

今までリデルを田舎者と馬鹿にするばかりでそれほど関心もなかったくせに、侯爵家との縁談が決まった途端執拗に絡んでくるようになっていた。

「そんなこと言っていません」

出来るだけ落ち着いた口調で答える。

何がイボンヌの逆鱗に触れるかわからない。こんなところで騒ぎを起こされたら、恥の上塗りだ。ただでさえ、周りの好奇の視線が集まっているのに大事にしたくない。

だが、イボンヌが注目を集めるように大げさに騒ぎ立てる。こんな性格でよくいままで社交界でやってこられたなと逆に感心してしまう。

「お姉さま、このような場でやめてください」

静かに、だがきっぱりと言った。新婚早々フリードリヒに迷惑をかけるわけにはいかない。

「自分がギルに愛されなかったからって、私に嫉妬しているんでしょう」

どうしたら、ここまで図々しい発想ができるのだろう。彼女のように人の婚約者を奪って優越感を満たすような人間には絶対になりたくない。

「嫉妬なんかしていないわ」

新妻なのだから、ここはきっぱりと否定しなくてはならない。苛立つ気持ちを抑え、できうる限り穏やかに答える。

すると今度はギルバートがイボンヌの前に出てきた。

「リデル、悪いのは僕だ。だから、イボンヌを刺激しないでくれ。いまは大事な時期なんだ」

彼がイボンヌをかばう言葉と眼差しは思いやりに満ちていて、リデルの心に突き刺さる。ほんの少し前まではギルバートだけがリデルの味方だった。しかし、ここで心を乱しては、イボンヌの思うつぼである。何とか気持ちを立て直そうとした。

「それもこれも君が彼女を女優の娘だと馬鹿にするからだろう？」

身に覚えのないギルバートの言いがかりにリデルは大きく目を見張る。確かにミネルバは昔売れない女優をしていたと聞いたことがあるが、さして興味もなかった。そんな理由で彼はリデルからはなれていったのか。

イボンヌを脅威と思いこそすれ馬鹿にしたことなど一度もない。ギルバートはリデルに確認もせずそんなイボンヌの嘘を真に受けたのだ。彼はそれほど心を奪われていたということなのだろうが、リデルの方が、付き合いが長かったはずなのに。

しかし、今はそんなことよりも、この場をどう収めるかだ。リデルはもうウェラー侯爵家の人間だ。家名に恥じない言動をとらなければならない。心は痛み悲鳴を上げるがどうにか呑み下し、うつむきそうになる顔を上げ、しっかりと二人に視線を向けた。しかし、なぜか彼らは別の方向を見ている。

「なんの騒ぎだ」

フリードリヒの冷え切った声が聞こえた。気づいたときには彼がリデルの後ろに立っていた。

「ああ、フリードリヒ様、リデルはいまだに私の婚約者であるギルに想いが残っていて、私をねたみ困っております。いったいどうしたらよいのでしょう」

イボンヌの発言にリデルは肝が冷えた。

彼女はドリモア家を借金苦から救ったフリードリヒに恥をかかせるつもりなのだろうか。王家主催の舞踏会で恥をかかされて、ウェラー侯爵に結婚を白紙に戻すと言われたら、イボンヌはどうするつもりなのだろう。すでに豪華なドレスや飾りまでいただいている。リデルは恐ろしさに顔色を失った。

　しかし、フリードリヒはイボンヌの言葉を冷たい声音で一喝する。

「貴様は、私を、ひいてはうちの家門を愚弄しているのか。リデルとは神官の前で永遠の愛を誓い合った。それに誰が、貴様にファーストネームを呼ぶことを許した？　常識も弁えない者が、なぜ、この舞踏会にまぎれ込んでいる。不愉快だ」

　辺りはしんと静まり返る。

　リデルはフリードリヒの迫力に震え、固唾をのんで成り行きを見守った。

「そんな……私はリデルの従姉であり姉代わりです。フリードリヒ様、私たちは親族ではないですか！」

「やめろ！　やめてくれ、イボンヌ！」

　いち早く我に返ったギルバートが真っ青になり必死にイボンヌを止める。

　だが、イボンヌはことの重大さに気付いていない。それどころか怒りに頬を染めてリデルをにらんでいる。そこへタングス子爵夫妻が、人をかき分け息を切らして慌ててやってきた。

「ほお、どこの愚か者かと思えば、タングス子爵家の嫡男か。タングス家も落ちたものだな」

　フリードリヒの冷えた声と威厳のあるたたずまいに、彼よりずっと年上の子爵が頭を下げる。

「侯爵閣下、この度は息子が失礼を……申し訳ございません」

震える声で詫びる。プライドの高い子爵夫人まで顔を青くしている。

「どうか、お許しくださいませ」

そのころになってようやくイボンヌも場の空気を察して顔色を変える。

「え？　どうして？　あの、私、どうしたら」

しかし、答える者はどこにもいない。ギルバートも頭を下げたままなので、イボンヌは落ち着きなく左右を見る。タングス子爵がイボンヌを振り返りもせず口を開く。

「この娘は当家とは何らかかわりありません。息子の過ちです。即刻、縁を切らせますので、なにとぞご容赦を」

子爵はリデルの時と同じようにあっさりとイボンヌを見限った。子ができたと言っていたのに、どうするつもりだろう。

イボンヌはその言葉を聞いて、その場に崩れ落ち失神した。彼女は都合が悪くなるといつも気絶する。自分の非を認めたくないのだ。そしてその後の始末は誰かがつけてくれると思っている。

タングス家の面々が平身低頭するなかで、フリードリヒが重々しい口調で言った。

「今回は不問に付すが、次はない。さっさとその不快な女をこの場から連れ出せ」

彼らはイボンヌを引きずるようにそそくさと立ち去った。

フリードリヒが周りに集まっていた貴族たちをひと睨みすると、一瞬びくりとした彼らは何事もなかったように、素知らぬ顔で舞踏会の喧騒に戻っていった。

きっと明日はこの噂でもちきりだろう。リデルはもう二度と社交の場に姿を現したくない気分だった。

しかし、それとは別にギルバートに対する気持ちに整理をつけることができた。今まで、彼との間には何か誤解があったのだと心のどこかで思っていた。だが、それはリデルの独りよがりな幻想だったとわかったのだから。

「私は挨拶も用も済んだので、これで失礼する。君は王都の夜をまだ楽しむといい」

「え……？」

この状況で何を楽しめと？　リデルが問い返す間もなく、彼は礼装用のマントを翻し去っていこうとする。

「嘘でしょ」

リデルは小さくつぶやくと、慌てて彼を追いかけた。

侯爵家のためだったとはいえ、窮地に陥っていたリデルは彼に助けられたわけで、礼の一つも言っていないし、イボンヌの非礼も詫びなければならない。というか新妻を一人残して会場から去らないでほしい。

この状況でひたすら王宮で出される料理を一人で堪能していろというのだろうか。無理な話だ。

リデルは急いで彼の後を追い、会場から人気のない廊下に出た。軍靴をかつかつとならし大股で歩く彼の足は速い。

「お待ちください。旦那様」

リデルは息も絶え絶えに追いついて、彼の腕に手を添えた。その瞬間、驚いた表情をしたフリードリヒにさっと振り払われる。その激しい拒絶にリデルは驚いて、びくりと体を震わせた。

すると彼がはっとしたように口をひらく。

「すまない。私は人と接触することが苦手だ。予告なく触れないでほしい」

無表情でわかりにくいが、謝っているので悪気はなかったようだ。だが、傷ついたことは確かで。

「……そういうことは先に言っておいてくださいませ」

リデルはしょんぼりと肩を落として言う。首に下げたエメラルドのネックレスがやけに重たく感じた。

もしかして彼は冷たいというより、人嫌いなのだろうか。いや、しかし、そんな人が軍隊を率いて戦いなど出来るだろうか。彼の言動にリデルは混乱させられる。

「それで君は私に何の用だ？」

心底不思議そうに問う侯爵にリデルはふと涙がこぼれそうになったが、なんとか気持ちを奮い立たせる。

「先ほどは私の従姉が失礼をしました。申し訳ございません。それから、助けていただきありがとうございます」

「私は侯爵家のために当然のことをしたまでだ」

「はい、存じております。それでも謝罪とお礼だけは申し上げたいと思いましたので」

「随分と律儀だな。私はこれから仕事をしなくてはならないので帰る。馬車はもどすから君は好きなだけいるといい」

「私も帰ります」

リデルは決然として言い放つ。この状況は普通にいたたまれないのだ。

「いいのか？　この後は領地へもどるから、しばらくはこのような華やかな夜会などに参加できないぞ？」

不思議そうにリデルを見るフリードリヒに、彼女を傷つけようという意図はないのだろう。この人はなにか欠落している、リデルにはそんなふうに思えた。

しかし、答えは決まっている。

「いいえ、帰ります。あのような場は私も苦手です。もちろん旦那様のご命令とあれば、今後も参加します。そういう契約ですから」

「いや、夜会は君の好きにするといい。ただ領地へ発つ前の息抜きになればと思っただけだ。領地に行けばすぐに冬がはじまる。雪や氷に閉ざされ、領都には若い娘が喜びそうなものは何もない」

語られる内容からはそこはかとなく思いやりを感じ取れるが、彼の声音や冷たい表情からは何も読みとれない。

リデルは慎重にフリードリヒと距離を取りながら廊下を歩いた。できれば、彼の機嫌を損ねたくないし、本気で振り払われたら多分大けがをする。

フリードリヒと過ごすうえで、いつか心地のよい距離を見つけられたらいい。

リデルはそんなふうに思い、燭台(しょくだい)の火影が揺れる王宮の廊下を彼の後について歩いた。

第二章　北の領地生活

二日後、リデルはフリードリヒとともに、北の領地へ旅立った。馬車は当然のように別だ。ここでもリデルは避けられている。

しかし、長旅が終わりに近づくにつれ、リデルはその方が気楽でよかったと思った。フリードリヒはドリモア家の恩人ではあるが、表情の変わらない彼と向かい合って会話のない時間を同じ馬車で過ごすなど、苦痛でしかなかっただろう。

しかし、なんといってもすごかったのが、ノースウェラー領に入った途端街道という名の舗装されていない田舎道が続き、ガタガタと馬車が揺れて馬車酔いに苦しめられたことだ。さらには宿屋がないらしく、二泊ほど野宿をした。まだギリギリ春だというのに王都から離れ北に向かうにつれ朝晩の冷え込みがつらくなっていく。

男爵領も王都から少し離れていたが、隣の領が栄えていたので、王都に行くのに野宿することなどなかった。

それだけ領土が広大だということなのだろうが、知らない土地なので未開の地に行くようで心細い。それでも従者や護衛で来たノースウェラー領の兵たちが気を使ってくれたので、リデルがそれほど不自由することはなかった。

王都から旅立って五日目にウェラー侯爵家の領都に入った。彼の先祖は古くは蛮族と呼ばれる者たちから、この地を守ったと言われている。

馬車はようやく悪路を抜け、城を目指して進む。街は大きく、寂れた雰囲気はないが、活気があるわけでもない。

そして領都を抜け小高い丘に向かってさらに馬車を走らせると、ウェラー侯爵家の城門が見えてきた。ごつごつとした石造りの威容で、城というより要塞に近く、寒々しい感じがする。その奥には物見やぐらのような不気味な塔が薄青い空を突き刺すようにそびえたつのが見えた。

城門をくぐり、そこで二手に分かれる。フリードリヒの馬車は本邸と呼ばれる城に向かい、リデルを乗せた馬車は別邸に向かう。これは契約通りではあるが、馬車に乗ったままでフリードリヒに挨拶すらできなかった。

しかし、別邸の前に降り立ったリデルは驚きに息を呑む。綺麗に整備された庭の先に、三階建てで、白を基調とした優美な邸が建っていた。

ポーチにつけられた馬車から降りて、広いエントランスに一歩入ると吹き抜けの空間にシャンデリアがきらきらと午後の日差しを反射して揺れている。内装は贅を凝らしたものでで床は温かみのある寄木細工になっていた。

感じの良い男性使用人に案内されたサロンにはふかふかの絨毯が敷かれ、別邸専属の使用人まで用意してくれている。結婚の契約内容が衝撃的過ぎて忘れていたが、確かに彼はリデルを丁重に扱うと言っていた。彼は約束を守る人のようだ。

「奥様、荷解きをされたら、お茶になさいますか?」

今日初めて顔を合わせるリデルの専属メイドのドロシーが、明るい笑みを浮かべ聞いてくる。

侯爵の言動は冷たく、長旅の間は顔を合わせることもなく、北の薄寒い空の下で暗澹たる気持ちになりかかっていたが、この待遇の良さを考えると悪気はかけらもないのかもしれないとわかる。きっとああいう人なのだ。

これなら何とかやっていけるかもしれない。

境遇ゆえ、今まで流されるままに不安を感じていたリデルの中に、感謝の気持ちが芽生えてきた。

ほどなくして二階に用意したというリデルの部屋に案内された。おどろくほど広く両開きのドアの手前が居間で奥が寝室という豪華な造りになっている。

居間には座り心地のよさそうな暖色系の刺繍が施されたソファがあり、その前にはウォールナット製の美しいティーテーブルが置かれている。見事なレースのクロスが敷かれ、リデルを歓迎するようにガラス製の花瓶にバラが生けられていた。

その奥に見える寝室には天蓋付きの大きなベッドが置かれていた。

リデルはその豪華さと美しさに嘆息する。

（本当に、これが私の部屋？）

それどころかリデルはフリードリヒから別邸を好きに使っていいともいわれていた。

信じられないほどの恵まれた環境にリデルはしばし呆然とする。

部屋を見てまわっていると、ドロシーがお茶の準備をしてくれていた。

リデルはソファに腰掛けおいしいお茶と、軟らかい生地の上に透き通った赤い色のジャムが載せられた焼き菓子を楽しんだ。

「おいしい……」

思わず漏れたリデルの呟きにドロシーは嬉しそうな笑みを浮かべる。この地域では古くから食べられている菓子だと教えてくれた。

リデルは切り取られた窓の向こうに広がる庭を眺めながら、ゆっくりとお茶を楽しんだ。

「奥様、長旅でお疲れでしょう。この後、湯あみはいかがですか？」

頃合いをみはからったようにドロシーが尋ねてくる。

野宿も含む旅で体は埃っぽいし、髪はすっかりぱさぱさになり、疲れ果てていたので、湯あみが出来るのは嬉しかった。実家では体を拭くだけで、湯につかるなど久しくなかったことだ。

「はい、ぜひお願いします」

湯あみの前にと、ドロシーが果実水を持ってきてくれた。ほんのり甘くすきっとした果実水はリデルの喉を潤していく。嬉しい心遣いにリデルの頬は自然と緩む。

少し緊張がほどけてきたのかもしれない。

「奥様。湯殿の準備が出来ましたので、どうぞ、こちらへ」

「湯殿？」

初めて聞く言葉に戸惑う。

「はい、ウェラー家の自慢の湯殿です。ぜひ体験してみてください」

リデルはドロシーに案内されて、地下に下りた。シンとした石の廊下をしばらく歩き、突き当りの扉を開けると、もうもうと湯気が立ち、大理石の床のむこうに、長方形にくりぬかれた広々とした風呂があった。五、六人は楽に入れそうだ。

「こ、これはいったい？」

なみなみと湯を張られた湯殿にリデルは目を見張る。

「温泉でございます。古くはこの地で兵士が傷をいやし、また王侯貴族の病後やご婦人の産後の療養に使われていたこともあるそうです」

「なんて素晴らしいの。初めて見たわ」

感激に声が震えた。

「北の侯爵家ではこれがふつうです。一階のゲストルームにも温泉が引いてございます。奥様のお部屋にも小さな湯殿はございますが、二階ですので残念ながら温泉ではないのです」

「え、そうなの？　すごいわね。部屋にも湯殿があるなんて」

「もし、温泉のある一階がよろしければ、そちらにお部屋を移しますが」

「いいえ、とんでもない。景色が素敵で気に入っているわ」

それは本音だった。リデルの部屋からは庭が一望できる。間違いなく一番良い部屋を用意してくれていた。

「それはよかったです。さあ、奥様、お召し物をこちらへ」

久しぶりに、人に世話をされてお風呂に入った。

少し気恥ずかしかったが、三年ほど前までそうした生活を送っていたのですぐに慣れた。

リデルの待遇が明らかに悪くなったのはクルトが留学してからだ。思えば彼があの家の唯一の良心だったのだろう。

ゆっくりと湯につかり旅の疲れを癒す。今までのもやもやした怒りや悲しみが湯に溶け出し、気持ちが浄化されるようだ。立ち昇る湯気が心地いい。ずっとつかっていたかったが、湯あたりするからと言われて湯舟から上がった。

そして湯上りに準備されているよく冷えた水。

「すごいわ、至れり尽くせりね」

そのうえ、夫の面倒まで見なくていい。

(これって、幸せ……では。夫の愛を望まなければいいだけ、なのだから)

横暴だという親族がちょっと心配だが、これならばおつりがくるかもしれないと、リデルは思いはじめていた。

夜になると、一人きりの晩餐でこの地方特有の赤く澄んだ色をしたスープを飲んだ。サワークリームを入れるとせっかくの美しいルビー色が濁ってしまうが、酸味もほどよくコクがましてとてもおいしい。肉も出された。素材を活かした味付けで、舞踏会で食べた王宮の食事にも引けを取らないおいしさだった。

北の地では肉は貴重なものだろう。リデルは給仕やシェフに直接感謝の気持ちを告げた。

それから食後のお茶を終えるタイミングで、本館からハワードという若い家令がやってきた。二十代の半ばくらいだろうか。ここの主人と違い、常に口元に笑みを浮かべた感じの良い青年である。

「奥様、私が奥様の教育係を担当させていただきます。領地管理に関する授業は明日からということで構いませんか。それとももう少し、ここの領地に慣れてからになさいますか？」

言葉は柔らかく、心づかいを感じ嬉しかった。

「明日から、よろしくお願いします」

そういうことは先延ばしにしてもいいことはない。リデルは、さっそく勉強を始めることにした。

（夫は十分すぎるほど約束を果たしてくれた。ならば、私も……）

リデルはその晩、会えない夫を思い、感謝の気持ちを手紙にしたためた。

◇

領地についてから二週間が過ぎた。勉強は順調で、この地の特産品も教わった。王都を発って以来フリードリヒとは顔を合わせていないが、とりたてて不安や不都合はなかった。

上質なドレスを贈ってもらい着るものにも不自由することがない。何といっても食べ物はおいしいし、ドリモア家にいた時のように自分で用意する必要もなかった。

望めば毎日のように広々とした温泉で湯あみが出来る。簡単に済ませたければ部屋の湯殿を使えばいい。

ドロシーは小さいと言っていたが、浴槽に比べれば、ずっと広く、足を伸ばしてリラックスできた。

この素晴らしい環境はここ数年のドリモア家での暮らしとは雲泥の差だ。使用人たちはみな感じがよいし、話し相手にもなってくれる。リデルは早くもここが気に入った。それとも長く過ごせば、夫に愛されない孤独と寂しさにたえられなくなるのだろうか。

（いや、多分それはないわ……）

リデルの根底には、両親のような温かい家庭を築きたいという思いが残っている。その一方で接触を避けたがっているフリードリヒに自分の気持ちを押し付けたくはなかった。

フリードリヒは端正な面立ちではあるが、顔に傷があり威圧感があり、どちらかというと怖いので、出来れば会いたくない……かもと、リデルは思う。

しかし、この待遇の良さ、感謝の気持ちぐらいは、筆談ではなく直接会って伝えたかった。

勉強の合間にお茶を飲み、ふと窓の外に目を向けるといつも空に向かってそそり立つ塔が目に入る。立派なものであるが、打ち捨てられたように人の気配がない。

「ドロシー、あの塔は使われていないのですか」

「はい、この領地まで敵が襲ってくることもないので、以前は旦那様がお使いになられていたようですが、いまは閉鎖されていると聞いています」

「そうなの……」

リデルの実家の邸は、城と呼べるものではなく、ただの大きな家だ。だから城門もなく、塔もない。だから、少なからず好奇心がわいていた。

しかし、住む場所を決められている以上勝手に出歩くわけにもいかない。それにこの別邸はリデル一人で住むには広すぎるし、庭までついている。これ以上の贅沢はないとリデルは感じていた。

「いつか、中を見てみたいわ」

「何年も整備されていないから、危険だそうですよ」

「そう、残念ね」

リデルはそこで好奇心を打ち切り、勉強に戻った。フリードリヒが領地を留守にする間、領主代行として仕事をしなければならない。彼は軍人でいつ何が起こるかわからないから、早くいろいろ覚えておきたかった。

◇

ふと夜中にオオカミの遠吠え（とおぼえ）を聞いた気がして、リデルがぱちりと目を覚ます。まだ夜は明けていない。

なんとなく寝付けなくて、ベッドから起き出し、カーテンを開けると夜空に大きな満月が浮かんでいた。ほんのりと赤みが差した月で美しいというよりもまがまがしい。降るような星空の下に黒い影のようにそそり立つ塔。そこに、ちらりと光がよぎった気がした。

リデルは目を凝らす。間違いない。塔の上の方に光がゆらゆらと灯(とも)り、移動しているように見える。

確かあの尖塔(せんとう)は閉鎖されているとドロシーが言っていた。もしかして賊? いや、これほど高い城門から誰にも知られることなく賊が侵入できるわけがない。ここにはウェラー家専属の兵士たちや屈強な門番がいる。

そこまで考えてリデルは急に怖くなり、さっとカーテンを閉じた。

「まさか……、幽霊?」

その晩、リデルは震えながらベッドに潜った。

「奥様、王都からお手紙でございます」

リデルがここへ来てひと月過ぎたころ、昼下がりにドロシーが二通の手紙をもってきた。言いつけてもいないのに彼女は気を利かせて茶とケーキを準備してくれている。いつの間にかリデルは、ドロシーを心から信頼するようになっていた。それと同時にフリードリヒの存在は薄くなりつつあった。

宛名を見ると、一通はオットーからで、もう一通はギルバートからだった。今更何の用かと、そのまま破り捨てようかと思ったが、内容は気になる。リデルは仕方なしに封を切った。

ギルバートからはイボンヌが苦しんでいるという内容だった。フリードリヒが皆の前でイボンヌを非難したせいで彼女が社交界に居場所をなくしたので、侯爵の名代として王都に来て、舞踏会で皆の前で、リデルに撤回してもらいたいというものだ。これは速攻で却下だ。ギルバートがこれほど愚かな人だったとは思いもしなかった。

かっとなって火にくべようかと思ったが、念のため保管しておくことにした。

それから、しぶしぶとオットーからの手紙を開く。だが、内容は少し深刻で、侯爵が約束を破り借金の返済をしてくれないとのことだった。それはイボンヌの件に腹を立てての制裁だろうか。

オットーの言うことを真に受ける気はないが、まだフリードリヒがどういう人なのかわかっていない以上、リデルとしては真偽を確かめないわけにはいかない。借金のカタに彼女はここへ嫁いできたのだから。

さっそくハワードにフリードリヒと話す場を設けてくれるように頼んだ。その際、オットーからの手紙を渡す。

すると次の日、確認すべきことがあるから少し待ってほしいと手紙で返事が来た。会って顔を見て話がしたかったが、彼はやはりリデルには会いたくないようだ。

同じ敷地に住んでいて筆談とは……。

向こうが会いたくないのであれば仕方ない。リデルは待つことにした。

そしてリデルがいい加減しびれを切らした頃、フリードリヒが本邸からやってきた。

彼は極力リデルとは顔を合わせたくないと言っていたので、直接やってくるとは思わなかった。リデルは慌てて、彼が待っているというサロンへ向かう。

「旦那様、この度は別邸まで足をお運びいただき……」

「いや、挨拶はいい。そこへ座ってくれ」

フリードリヒが自分の向かい側のソファを示した。

「はい」

リデルは緊張しながら、席に着いた。

いつも付き添うドロシーがいなくて、なぜかハワードが紅茶を注いでいる。

「この手紙の内容はでたらめだ。私はきちんと約束を果たしている」

少なからずこの言葉には驚いた。

「それではドリモア家は借財をすでに返済し終えている、ということですか？」

「確認してくれ」

彼は支払いの証拠となる書類を広げる。リデルは恐る恐るそれに手を伸ばした。

侯爵はとんでもない金額をすべて支払ってくれていた。伯父家族の散財はすさまじいもので、なぜ弟であった父が爵位を継いだのかがわかった気がする。

オットーは昔からドリモア家に借財があったような口ぶりだったが、リデルの父母はつつましやかで質素倹約を旨としていた。オットーたちが散財したのだろう。

「これほど、膨大な借財があったのですね」

リデルは恥ずかしく思った。

「約束なのだから、当然だ。君と結婚の証書を交わしたあの日に返済の手続きは終わっている。今ある借財は、あの男の妻と娘が新たに贅沢なドレスや宝飾品を買ったせいだった」

「え！　また借財をしているのですか？　失礼なことを言ってしまい、申し訳ございません」

リデルは愕然(がくぜん)とし、彼に頭を下げた。

「いや、君は真偽を確かめたかったのだろう。無理もない。私たちの間に信頼関係はないのだから」

相変わらず表情は硬く、冷たい口調だが、オットーたちより彼の方がずっと信用できることが分かった。

約束はきっちり守るし、夫である自分を信用しないのかと詰ることもない。

「お恥ずかしいです。こんなことで旦那様に会わせてほしいだなんて、申し訳ありませんでした。日ごろから、こんなに良くしていただいているのに」

するとフリードリヒが不思議そうに小首を傾げる。

「良くしている？　何がだ？」

「え、それは素晴らしいお邸に、素敵な温泉に、よく気が付いてやさしい使用人たちがいて、旦那様のおかげでとても快適な生活を送っております」

そのうえ、フリードリヒは手がかからないし、リデル自身も心の通わない彼と子をもうけなくてもよいのだ。そこに愛はないのだから。

少なくともリデルの両親はお互いを思いやり大切にしていた。そんな姿を見て育ったせいか、今では養子で十分だと思っている。

割り切ってしまえば、かえってありがたい条件なのだ。

しかし、そのリデルの言葉に、今度はフリードリヒが目を見開いた。彼にも威圧以外の表情ができるのだと初めて知った。

「いや、おかしな条件を付けたうえ、この不便な領地に来てもらったのだから、当然のことだろう。それでも足りないと思っている」

「いえ、そんなとんでもないです」

慌てて首を振り、彼の言葉を否定した。リデルはなんといっても温泉が気に入っていた。あれがある限り、この地から離れたいとは思えそうにない。もう浴槽や、ましてや体をふくだけの生活に戻りたくない自分がいる。

「それから、君はこの侯爵家の人間になった。だから、帰るつもりのない実家など気にする必要はない。だが、縁あって君と一緒になったのだから、一つだけ忠告しておく。早くあの家の長男を外国から呼び戻すんだ。そうしなければあの親子に身代をつぶされ、彼の帰るべき家もなくなるだろう」

リデルはぎょっとした。

「……そ、それは、どういう？」

「それほど、君の伯父がだらしないということだ。だが、長男はまともそうだ」

ただただ、恥ずかしくて、リデルは思わずうつむいた。

「おっしゃる通りです。ありがとうございます。取り急ぎ従兄に連絡します」

「わかった。手紙は届けさせよう。それから、契約と金の話に関しては行き違いがあってはいけないと思い今日はこちらに来たが、今後こういうことはないと思ってくれ」

「はい、肝に銘じておきます。ご足労いただきありがとうございました」

リデルは深く頭を下げた。

人嫌いなのは全くぶれていないが、彼なりの誠意が伝わってくる。

フリードリヒが去ると、リデルは大慌てで従兄に帰国を促す手紙を書いた。

◇

その日は朝からずいぶんと冷え込んでいた。早いものでリデルが領地へ来て三ヶ月がたち、短い夏も終わり秋になる。広い邸に住むようになってから、日課になった散歩中に粉雪がちらちらと舞う。秋になったばかりなのに早すぎる冬の訪れに、リデルは驚いた。

「秋……がないのかしら？　そろそろ散歩も出来なくなるわね」

リデルが呟く。

「まだ、本格的に降る時期ではありませんから大丈夫ですよ。冬の先ぶれのようなものです。それより奥様、お身体は冷えませんか？　そろそろお邸に戻ったほうがよろしいかと。お茶の準備をいたしますね」

ドロシーは本当に親切でよく気配りをしてくれるメイドだ。

二人で邸に戻り、サロンでお茶を飲んでいると、本邸から一通の手紙が届いた。フリードリヒからだ。

対面で話すことはなく、用があれば彼とは使用人を挟んでの筆談だ。かなり特殊な状況だが、それにもだいぶ慣らされてきた。

しかし、手紙の内容はいつものような事務連絡ではなく、深刻なものだった。

東部の国境の町が襲われ、東隣りの国と戦争が始まるため、フリードリヒは一年ほど戦地に行くという。

戦争では何が起こるかわからない。これで彼が命を落とせば、永遠の別離になるかもしれない。それを彼は手紙一枚で済ませようとしている。やはりそれはショックなことだった。

だが一週間後、彼は別邸にやってきた。正直期待していなかったので驚いた。

「久しぶりだな」

無表情な夫からそんなふうに声をかけられた。本当に久しぶりで懐かしさを覚える。

しかし、彼はリデルが言葉を発する前にすぐに要件に入った。

「手紙に書いたようにおそらく一年は帰ってこられないだろう。君にはその間、本邸に移り住み、領主の仕事を代行してもらう。ハワードから引継ぎをうけてくれ」

「はい」

事務的な口調で淡々と話す。

「それと、予算には余剰分がある。君が、この領でやってみたいことがあるなら、試してみてくれ。もちろん小規模でだが」

「はい？」

「わが領は銀や鉱石などの資源に恵まれているが、度重なる戦争で手つかずな場所もある。昔は職人もいたのだが、今では王都に毛織物を卸すだけで精いっぱいだ」

「えっと、それは事業を起こしてもよいということですか？　例えば何かの小さな工房を作るとか……」

「予算は余剰分の半分以内に収めてくれ、あとは君の裁量に任せる」

リデルは目を瞬いた。まさかフリードリヒがそんなことを言い出すとは思わなかった。

「おそらくこの戦争は隣国と決着をつける最後のものとなる。その後は領地を富ませたい」

「私にそのお手伝いをさせてくださるということですか？」

「無理にとは言わない。引継ぎだけでも大変だろう」

「いえ、ぜひ！　やらせてください」

リデルは目を輝かせた。自分は彼にとって都合の良いお飾り妻だと思っていたので、こんな申し出をしてくれるとは思いもよらなかった。期待はされていないのだろうが、リデルの裁量に任せてもらえるということが素直に嬉しい。

「それと遺言書を王都の公証人に預けた。私が戦死した場合、もしくは生死が確認できないときは、速やかに王都に赴き君に開封してほしい」

本人から直接告げられた戦死という言葉に、突然現実を突き付けられた気がして、リデルはドキリとした。軍人の妻になるということはこういうことなのだ。覚悟が足りていなかったかもしれないと今更ながらに思う。

「承知いたしました。約束は絶対にお守りします」

「王都の夜会で挨拶したトニー・アンドレアを覚えているか？」

「はい、覚えております」

明るく、気のいい軍人だ。

「今回、同じく戦地に赴くが私が死に彼が生きていた場合、困ったことがあればトニーを頼るといい。彼は貴族であるしいろいろな場に顔が利く」

あまり具体的な話をされると本当に彼が死んでしまうのではないかと心配になる。

「旦那様、どうかご無事で」

リデルは内心の不安を隠すように頭を下げた。

それで話は終わりかと思っていたが、フリードリヒはしばらく逡巡（しゅんじゅん）すると再び口を開いた。

「しばらく顔を合わせることもないだろうから、伝えておこう。君はもう気づいていると思うが、私には感情が欠落しているようで、男女の情がわからない。君を特別嫌っているわけではないので、私のふるまいを気に病まないでほしい。けして君のせいではないし、おそらく君は魅力的な女性だ」

彼の声にも表情にも全く温もりは感じられないのに、語られる言葉は胸に染み入る。

リデルにはそれがまるで遺言のように聞こえた。

きっとこれが、彼が話せる精一杯なのだろう。リデルは気持ちが揺れそうになり、慌てて抑えつけた。表情は凍てついたように冷たいのに、なぜか以前ほど怖いと感じていない。

出立前に会いに来てくれたのは彼なりに妻に対して誠意を示したのだろう。いったい何があって彼は今のようになってしまったのだろう。

（それとも元々誰も愛せないの……？）

だが、踏み込むべきではないのだ。

「旦那様、舞踏会の時は助けていただき嬉しかったです。誰かの背にかばわれたのは両親が亡くなって以来なんです。あれだけで十分です。それにここで豊かな生活を送らせていただき感謝しております。ご武運お祈り申し上げます」

一週間後、夜明けとともに彼は領の兵士たちを連れて出立した。見送りはいいと言われたので、リデルは二階の窓からそっとのぞく。

フリードリヒは愛する喜びも愛される喜びも知らないのだろうか。少なくともリデルは父と母に愛され大切にされた記憶がある。子ども時代は彼女の宝物だ。

「寂しくはならないのかしら……」

鎧（よろい）に身を包み騎馬に乗り領兵を引き連れ、勇壮な姿で去っていくフリードリヒを眺めながら、リデルぽつりとつぶやいた。

リデルは刺しゅう入りのハンカチをフリードリヒに渡してくれるようにとハワードに託していた。戦場ではお守りになると聞いて作ったものだ。

彼は受け取ってくれただろうか。リデルは地平線のかなたに消えていくまで、窓辺で行軍を見送った。

フリードリヒが旅立った次の日にはリデルの部屋は本邸に移された。彼の代わりに執務をこなすためだ。

執務室に入ると残された書類は几帳面に整理され、リデルのために目録まで準備されていた。リデルはそれに目を通し領地の現状把握に努めた。

最初の仕事は彼が途中までやりかけていた、領地の冬支度についてだ。彼とハワードの計算によると、今年は薪が足りないとのこと。

フリードリヒはきちんと申し送りと指示書まで用意していた。

「すごいです。旦那様は、これを戦争が決まってから準備されたのですか」

「ええ、それはもう、この一週間は連日徹夜で残される奥様のためにと、ご準備なさっていました」

心なしか「奥様のため」に力を入れて話す。

ハワードは、夫婦が普通に仲良く暮らすことを望んでいるのかもしれない。今までも、彼の言葉の端々からそう感じることがままあった。しかし、これぱかりはフリードリヒ次第である。リデルは彼に会えないのだから、距離を詰めることすら不可能なのだ。

「そうだったのですね。ありがたいことです。でも、また戦争なのね……」

結婚したという実感もわかないままフリードリヒは戦地に旅立ってしまった。

「はい、残念ながら外交問題がこじれたようです。二年前終結したと思っていたのですが、再び始まってしまいましたね」

ハワードが残念そうに言う。

現在、外交を担当しているのはこの国の第二王子だ。彼はプライドが高く気性が激しいと聞いている。それに臣であるフリードリヒが巻き込まれたのかと思うと暗澹たる気持ちになった。

「旦那様は、お強いお方なので、きっと今回も大丈夫ですよ」

慰めるようにハワードが言う。彼はフリードリヒとは違い、常に明るく笑みをたやさない。この家に来てどれほど救われたことだろう。

しかし、執務室にずらりと並んだ使用人たちを見てふと疑問がわいてきた。

「本邸には女性の使用人はいないのですか？」

「御入用ならば、別邸から奥様の気に入ったものを連れてきますが」

澄ました顔でハワードが答えるが、これは異様なことだと思う。

「そうね。ドロシーをお願いします。順次メイドを増やしていくつもりですが、かまいませんか？」

「奥様の仰せのままに」

そう言ってハワードが頭を下げる。

女嫌いか、噂通り男色……。オットーが言っていた噂話が思い出される。しかし彼自身は、自分は感情が欠落していると言っていた。

リデルは頭を軽く振って、考えを中断する。真偽の確かめようのないことに囚われるよりも、まずは目の前の仕事に集中することにした。

帳簿に目を通す。戦争のため、フリードリヒは専属の騎士と領兵たちを連れていった。それから軍備も持ち出しだ。随分とそちらに予算が割かれている。王命ならば戦いに行かないわけにはいかないのだろう。だが戦争が長引けば、領地の経済を圧迫することは必至だ。戦争は領地の財政にとても響くものなのだと初めて知った。

しかし、今はしなければならないことがある。

まずはフリードリヒの残した指示書の最優先事項を実行しなければならない。

「薪を仕入れるために、隣のシルノフ領へお願いに行きましょう。できれば明後日(あさって)までには出発したいのですが、準備は可能ですか？」

リデルは早速ハワードに尋ねた。

「まさか、奥様がいらっしゃるおつもりですか？」

驚いたように、ハワードは問う。

「もちろんです。お隣同士、ご挨拶も兼ねてお伺いするつもりです」

「しかし、道中宿もありませんし。こちらの夜は王都と違い冷え込みます。お辛いと思いますが」

戸惑ったように眉尻を下げる。

「大丈夫です。体だけは丈夫ですから、心配しないでください。それからこちらの特産品である毛織物を用意してもらえますか？　とっておきのものをお願いします」

ノースウェラー領、唯一の特産品だ。

「毛織物をどうなさるのです？」

「まさか手ぶらというわけにもいかないでしょう？」

ハワードだけでなく他の使用人たちも目を丸くする。

「旦那様は今まで、そのようなことをされたことはありませんが」

「ふふふ、私は領主ではなく、あくまでも代行ですし、新参者ですからお隣にご挨拶も兼ねて。それに何かお願いごとをするときには手土産（てみやげ）は必要ですよ」

何といっても指示書には細かいことはリデルの裁量に任せると書いているのだから、これくらい構わないだろう。

二日後、リデルは薪を仕入れるため、隣の領地へ旅立つこととなった。ことは急を要する。

フリードリヒが前もって用意してくれていた親書を携えて、馬車に乗った。本格的に雪と氷に閉ざされる前にどうにかしなければならない。

彼とは領を守ると約束をしているのだ。

ノースウェラー領からシルノフ領に入ると途端に森林が増えた。領地は狭いと聞いていたが、緑豊かな土地で針葉樹林が広がっている。

だがハワードの言ったとおり、夜の冷え込みは凄（すさ）まじく、寒さが骨身にしみた。これでもまだ本格的な冬ではないというのだから驚きだ。

野営で食べるしょうが入りの蕪のスープがありがたい。リデルは燻製肉とともにありがたくいただいた。

さらに二日後、やっとシルノフ領の領主館に着いた。

こぢんまりとした城に入ると、さっそく客間に通された。大きな暖炉のある室内で暖を取る。

領主に挨拶を済ませると、土産物である毛織物を渡した。

「遠路はるばるご足労いただきましてありがとうございます」

「まさか奥様が直々来てくださるとは驚きました。それに美しい毛織物のお土産をありがとうございます」

領主夫妻とその子女たちは思いのほか喜んでくれたようでほっとした。

ノースウェラー領では良質の毛が取れる羊やヤギをたくさん飼っているので、さほど費用は掛かっていないが、王都に卸しているものは輸送費もかさむのでかなり高額になるという。そうそう手が出ないと喜んでくれた。

笑顔を見るとリデルの口元も自然とほころぶ。

「本当にノースウェラー産のものは温かいですよね。感謝申し上げます」

ジョンソンが温厚な紳士でほっとした。

「いえ、こちらは薪を分けていただきたくて、お願いに上がりましたので」

「もちろんでございます。同じ北方の領地ですから、困ったときはお互いさまです。そうやって代々助け合ってきました。しかし、ただというわけにはいきません」

この領や領主館をみれば彼らが質素な生活をしているのがうかがい知れる。これは取引だ。

「もちろんです」

適正価格はハワードから聞いている。初めての商談で緊張していたが、フリードリヒが段取りを決めておいてくれたので思いのほかスムーズに決まった。ジョンソンも見かけ通り誠実な人で吹っ掛けてくるようなことはなく、リデルはほっとひと息つくことができた。

それどころか「ぜひ、休んでいってほしい」とゲストルームに通され、晩餐に招かれた。

ハワードが「ここで一泊するのは初めてです。よほど毛織物のお土産がお気に召したのでしょう」とびっくりしていた。

「うちの領にはよい宿があまりないのです。この辺境の地まで訪れてくれる観光客もいないのでね」

ジョンソンは苦笑する。その辺りの事情はノースウェラー領も一緒だ。

交渉が終わり次第帰るつもりだったが、思わぬ誘いのおかげで疲れている使用人たちも暖を取って身体を休めることができたので、リデルは嬉しかった。

五日に及ぶ旅程を終え、城に着いたときは寒さにかじかみ疲労困憊(こんぱい)だった。暑さだけではなく、寒さも体力を消耗するものなのだと初めて知った。これで雪が降り積もったら、どうなることやら。

薪の仕入れを最優先したフリードリヒの意図も理解できた。これでは領民が凍え死んでしまうだろう。薪不足は北の地では死活問題なのだ。

本邸に戻るとさっそく温泉でひと息ついた。疲労が湯に溶けていくようだ。

本邸の湯殿は別邸よりもさらに広い。壁も厚く天井も高いので、声が響く。兵士や使用人たち用の湯殿もあると聞いた。本当に素晴らしい設備だ。

この広い城では大きな暖炉で薪も焚くが、温泉を利用した暖房も使っているので、暖かくて薪の消費も少なくて済むので助かる。温泉はシルノフ領にはないものらしいので、とても素晴らしい資源だと身をもって感じた。

翌日、ふと思いつき、執務の途中でハワードに尋ねてみた。

「そういえば、この城以外に領地に温泉はないのですか？」

「自然に湧いている場所はいくつもございます」

「領民はそれを利用しないの？」

「一部のものしか使っておりません。危険なガスが出てくることもありますし、いろいろと整備しなくてはならないので金がかかります。湯の温度もぬるすぎたり、熱すぎたりと使えないものもありますから」

「なるほど、いろいろ条件がそろわなくては使えないということね」

リデルはそれを残念に思った。

「はい、この近くですと、領都のそばの川に噴き出す天然のものを猟師たちが利用しています」

「そこには何か施設でもあるの？　例えば宿とか？」

「宿ですか？　いいえ、宿は領都に小さなものが一軒あるきりです。観光客が来ることもありませんから。川の温泉は猟師や街の男たちが時々利用するだけなので、建物もなにもありません」

　それでは女性は近づけないだろう。そこに休憩所のような場所を作れば、もっと多くの人たちが利用できるのに。これほど素晴らしい湯殿をつくれるのだもの。技術はあるということですよね」

「もちろんでございます」

　ハワードが自慢気に頷いた。フリードリヒを尊敬し慕っているこの家令は、ここの領地にとても愛着を持っている。話の端々にそんな様子が見て取れた。

「うちでやったら、どうかしら？」

「は？」

「温泉のそばに宿を作るの。旦那様は怒るかしら？」

「いえ、領地経営は奥様の裁量に任される部分なので大丈夫かとは思いますが、しかしこのまま戦争が長引くようなことがあれば、今は潤沢な財源も乏しくなっていくかもしれません」

　それはリデルも考えた。思った以上に戦争は金がかかる。

「それなら、私のお小遣いで出来る範囲でやりましょう」

リデルには潤沢な小遣いがあるが、使い道がないのだ。いや、正しくは使う場所がなかった。

「はあ？」

「旦那様には十分すぎるほどのお小遣いをいただいています。私は別に社交は好きではないし、新しい衣装を作る必要もないから」

本当にリデルは小遣いにほとんど手を付けていない。金を払うときはいつも世話になっている使用人たちのために菓子を取り寄せる時だけだ。

「奥様が私財を投じるのですか？　執務さえして頂ければ、貴婦人方とお茶会を開くなり、お買い物をされるなり、お好きに過ごすようにと旦那様もおっしゃっていましたが……」

ありがたい話ではあるがリデルは派手好きではない。

それにリデルはそれだけ温泉が気に入っていた。皆が利用できれば、素晴らしいと思う。

「それから、ここは銀やラピスラズリの産地でもあるのよね。それならば、雪に閉ざされる前に採掘現場を見たいのだけれど」

「奥様、採掘現場など見てどうなさるおつもりですか？」

ハワードがまた目を丸くする。

「今は原石をそのまま王都に卸しているだけよね」

「はい、それでも随分領の収益にはなっておりますが、それが何か？」

「幸い領地には銀も豊富だし、細工師を募集しようと考えているの」

「この土地でですか？　残念ながら人材はおりませんが……」

しかし、リデルにはある考えがあった。

「王都から連れてくるのよ。衣食住とそれから機材も保証すれば、来てくれるかもしれないわ。旦那様のメモによれば良質なラピスラズリが採れるようだし、きっと旦那様もそのことをお考えだったんでしょう」

「はい、伺ったことはございますが、そのたびに遠征で中断されてしまいました。しかし、いまはほかのお仕事もお忙しいですし」

確かに領主の仕事は書類仕事が多いし、いま決裁権を持っているのはリデルだけだ。だから、リデルが目を通し確認しなければならない書類はたくさんある。

それに何より、ハワードはリデルの体を心配してくれていた。

この間も「奥様をあまり働かせすぎないでください！」とドロシーから抗議されていたのだ。その件に関しては申し訳なく思う。けっしてハワードが悪いわけではない。

「戦争が長引けば、資産が乏しくなるのでしょう？　ならば、先行投資でまずはここで銀とラピスラズリを使った細工を売ってみたらどうかしら。原産地はここなのだから輸送費はかからないし、王都より安価で提供することが出来るでしょう。いずれ王都にも卸せるようになれば、素材だけを輸送していたときと同じ輸送費で単価を上げられるから利益も出るはずよ」

「確かに実現できれば素晴らしいことです。成功して規模が大きくなれば、ゆくゆくは領の特産品になるかもしれません」

「何とか利益を上げたいものですね。旦那様との契約もありますし……」

「契約？　何の話ですか？」

不思議そうにハワードが聞いてくる。リデルは今ではこの結婚を雇用契約だと割り切っている。領のために働けるなら、こんな嬉しいことはなかった。

「いえ、何でもないの。ただ、ほら領主代行でなければ、できないこともあるでしょ」

「確かに工房を作ったり、温泉宿を作ったりするには、奥様の許可がなければできません」

「それならば、決まりね。よろしくお願いします」

「こちらこそ、よろしくお願いします。奥様」

最初は戸惑い気味だったハワードも乗り気になったようだ。

「では、まずは細工師から。王都に募集を出しましょう。条件は例えば三年契約で最初は補助金をだし、衣食住を保証。うまくいったら、地元でひとを育ててもらって、工房を大きくする支援金を出していくというのはどうかしら？　儲(もう)けが大きくなれば、その分を出来高で払う。そうすれば職人にとってもいいのでは」

「最初に一人二人雇う程度ならば、温泉を整備するよりもずっと安くすみますね」

　ハワードの言う通りだ。

「ええ、しばらく募集しても来なければ、今年はあきらめましょう。とりあえず雪や氷に閉ざされてしまう前に、職人を募ってみましょう」

　それから二人は額を突き合わせて、執務の合間に詳細を詰めていった。

　ラピスラズリの採掘現場は城からそれほど遠くはなかったので、リデルは寒い中どうにか無事に視察を済ませた。それから領都と城の間にある民家を買い取り、工房の設備を整えた。

池は凍り、鈍色(にびいろ)の空からは雪が舞い落ちる。あと少しで本格的な冬が始まってしまう。

今年は無理かとあきらめかけた頃、フィーというまだ若い女性職人が、王都から面接にやってきた。年のころはリデルと変わらなさそうだ。彼女は粗末なマントを羽織り、寒さに震えている。

王都から来たならば、ここの気候は身に染みるだろう。

そんな彼女のためにたっぷりのミルクとハチミツを入れた紅茶を準備した。

彼女が温かいお茶を飲み、遠慮深げにびくびくと糖蜜に漬けたコケモモを口に入れたのを見計らって、再び声をかける。

「ええと、まずは三年契約で、その後は両者合意のもとで、更新ということで、よろしいでしょうか？」

「は、はい」

緊張しているようで、女性の声は上ずっていた。

「それでは作品を見せていただけますか？」

粗末な布に包まれ、おずおずと差し出したそれは美しく繊細な耳飾りだった。

「あの、募集しておいてなんだけれど、これほどのものを作れるのになぜ、わざわざ北の地に？」

使われているラピスラズリのグレードは低いが細工は見事で、これならば王都でも人気があってもおかしくない出来だ。

正直、ここまでレベルの高い職人が来るとは思ってもみなかった。嬉しい反面、これならば王都の方が商売しやすいだろうと、いぶかしく思う。

「なぜ、この地で働こうと思ったのですか？」

リデルは率直な質問をぶつけた。

「その……細工師は女の仕事ではないと親方が」

「え？」

リデルは目を瞬いた。

「私の作品はすべて親方か兄弟子のものとして売られます。だから、ずっと給金が見習いのまま上がらなくて……生活が苦しいのです。でもここなら食べ物と住む場所を保証してくれるというので来ました。やはり女では雇ってもらえませんか？」

女性は震える声で、懇願する。まるでここが最後の頼みの綱のように。

「なんですって！」

リデルが驚いて立ち上がると、フィーはおびえたように縮こまった。

「ごめんなさい。つい腹が立って」

聞けば彼女は孤児院出身だという。後ろ盾もないので、王都の工房でていよく使われてきたようだ。

「大丈夫よ。ここは最低限の保証金があって儲けが出ればその分は上乗せして給料が払われるから、安心してちょうだい。最初はそれほど高いお給金は出せないけれど。後ほど条件を説明するから今はゆっくり休んで」

リデルは彼女を即決で雇うことに決めた。面談にはハワードやドロシーにも同席してもらっていた。すべてをリデル一人で進めていこうとは思っていない。

彼らもリデルの判断に強く頷いてくれた。王都での彼女の扱いに憤りを感じているようだ。

その後、晩餐のあとで雇用条件をハワードから聞かされたフィーは叫んだ。

「え！　こんなにいただいてよろしいのですか！　夢みたいです」

それを聞いたリデルは彼女のいままでの境遇に思いをはせ、胸が痛んだ。

リデルも女児だったから、両親が死んですぐにオットーがやってきて、混乱に乗じて家督を勝手に継いでしまった。そのせいで彼女はすべての相続権を失った。

今思うと両親の遺言なりなんなりあったかもしれない。婿を取り男爵領でのんびりと平和に暮らす未来もあったのだろうか……。

◇

いよいよ本格的な冬がやってきた。領地は文字通り雪と氷に閉ざされて、遠出は命の危険を伴う寒さとなった。庭の草木も眠ったように凍っている。

しかし、温泉のある城は常に暖かく、リデルはそこで書類仕事と領地経営の勉強に忙殺されていた。実家の領とは違い広大なのでその分やることも山積みだったのだ。冬支度が終わったからと言って、気が抜けない。

もちろん合間に休憩も取った。ときにはドロシーとお喋り（しゃべ）りしながらお茶を飲み、工房を訪ねてフィーに不足はないかと聞いたり、息抜きに城の大きな書庫にある本を読んだりして過ごした。

リデルにとっては初めてのことばかりだったが、学び実践する楽しさに目覚めた。春になったら、何を始めようかと今も計画を練っている。

戦地に無事届くかどうかはわからないが、領の運営のこと、新しく始めた工房のことなどをフリードリヒに定期的に手紙で知らせている。リデルの裁量に任せると言われているが、黙って進めるのも気持ちが悪い。

そして手紙には季節の花を押し花にして添えた。せめてもの慰めになればと思う。きめ細かな指示書をみて、リデルは彼が領地を愛しているのだと感じた。

だが、彼は自分のことを感情が欠落しているといっていたので、リデルの報告書のような手紙は、あっさり捨てているかもしれない。だが、リデルが勝手にやっていることなので、それでも構わなかった。

長いと思っていた冬も、ようやく終わりを告げそうだ。

雪解けの時期になるとリデルのもとへ王都から一通の手紙が届いた。

リデルはそれを執務室で確認する。クルトからの詫び状だった。

——僕がいない間に父母や妹が君に散々な仕打ちをしたと聞いた。つらい思いをさせてしまって申し訳ない。また君の結婚については、いま父母にどういった経緯でそうなったのかを問いただしている最中だ。

君からの知らせを聞き、急ぎ実家に帰ってみれば、なぜか君の婚約者だったギルバートがイボンヌと結婚することになったと聞いて驚いた。

家族の話をまとめるとギルバートが心変わりをして君との婚約を解消し、イボンヌと結婚することになったと言う。いろいろと情報が錯綜していて僕自身もまだ事実をつかみかねている。

そして我が家の資産状況を見ると僕が留学した後、借財が膨らんでいた。それが、君がウェラー侯爵家に嫁いだ直後に補填されている。君は北の将軍に家の借財のために嫁がされたのだね。

しかし、その後も愚かな両親は再び散財し、再び借財を作っている。イボンヌの結婚問題もひと騒動あり、今ももめている最中だ。落ち着きしだい君には正式に詫びたい。

そちらの領地は極寒の地にあると聞いている。ウェラー将軍は誉れ高い方だが、冷たい方という噂もある。君がつらい思いをしていないとよいのだが――


クルトは苦労しているようだ。彼が心配になるが、今のリデルにはどうすることもできないし、フリードリヒからは実家のことは構うなと言われている。それにあの家にはもうリデルの居場所はないので、彼女に出来ることは何もなかった。

結婚についてもめていると書かれているが、ギルバートとイボンヌの子どもはどうなったのだろうか。そのことに関して何も触れていない。クルト自身も混乱しているようで、いまひとつ要領を得ない内容の手紙だった。

リデルは故郷への思いを断ち切り手紙をしまうと、再び山積みになっている執務を片付け始めた。

◇

やがて領地に草木が芽吹き、凍っていた川が流れ、緩やかに春が訪れた。

馬車が出せるようになると、リデルは気になっていたフィーの工房へ向かう。

久しぶりに会うフィーは衣食住に恵まれたおかげか、以前よりも体がいくぶんふっくらとしている。

緊張した様子でリデルを工房へ迎え入れてくれた。

フィーの働きぶりは非常に勤勉で、棚には見事な飾りがいくつも並べられている。いずれも丁寧に作られたものだ。

「これほどの高品質なラピスラズリを扱ったのは初めてです」

興奮しているのか、フィーは頬を紅潮させている。

「素晴らしい出来だわ。でもこれだけの量を一人で作るなんてそうとう根を詰めたんじゃない？　あまり無理をしないでくださいね」

フィーはリデルのねぎらいの言葉に、慌てたように首をふる。

「とんでもないです！　ここには怒鳴る親方や兄弟子もいないし、のびのび仕事ができるんです。私、ほんとに細工の仕事が好きなんです」

彼女は瞳を輝かせ、晴れやかに笑った。

リデルはフィーが作ったラピスラズリを使った銀のネックレスや耳飾りを領都の小売店に卸して売ってもらった。すべて地元産の材料なので、安くできる。将来的には王都へ卸したいとリデルは検討している。

フィーの細工は最高級と言える出来のものなのに、王都の貴族や金持ちの商人ではなくとも手が届く値段だ。

最初はどきどきしながら売り上げを見守っていたが、町の評判は上々で思いのほか収入が入ってきて驚いた。

これならば、投資した分をすぐに取り戻せるだろう。近々利益も出そうだ。

余計に、領地に観光客を呼べたらと思ってしまう。今のノースウェラー領ではいかんせん宿が少なく、街道も整備されていない。これでは金払いの良い金持ちや貴族は来るわけもない。

どのみちその件に関してはフリードリヒが帰ってきてから、リデルがお伺いを立てるしかないのだが。今は領地の仕事を粛々とこなし、彼の無事を祈り帰還を待とうと思った。

◇

翌日もからりと晴れた気持ちの良い天気で、かねてから楽しみにしていた温泉の下見に行くことにした。

フリードリヒはいずれ温泉を増やそうと考えていたようで、執務室には温泉の出る場所を調査していた資料がまとめられていた。

きっと戦争で忙しく、あきらめたのだろう。フリードリヒは、なかなかどうして領民思いだ。

領を豊かにするためにいろいろなことを計画していた痕跡が見られる。不思議と離れている今の方がリデルはフリードリヒのことが理解できるような気がした。

リデルが目を付けた候補地は、領都を流れる川の少し上流に湧き出ている温泉だった。温度は少々高めだが川の水を使って調整できる。城からは馬車で半時間程度、様子を見に行くのにも丁度良い距離だ。

ハワードが調査した結果、利用される時期は春や夏だけとのこと。ぜひとも冬にこそ利用してほしいのだが、そうなると建物とある程度の整備は必要だ。一泊程度なら問題なく宿泊できる施設が欲しいとリデルは考えた。

また、露天ではあるが、やりようによっては男女分けることが出来る。家族で来られるようになれば領民も、もっと積極的にここを利用するはずだ。そうすれば、人々の往来も増え店ができ、栄えるのではないかと思う。

社交の予定のないリデルは、足りない分があると小遣いを投じている。これにはドロシーもハワードも心配しているようだ。

「奥様、ご自身の予算がなくなってしまうと、遊びに行けなくなってしまいますよ。旦那様からも余剰金を半分まで使っていいと許可がおりているではないですか。なぜそれをお使いにならないのです？」

リデルが執務机で黙々と決裁していく姿をみて、ハワードがおろおろした様子で言う。

「お小遣いまで使ったりしたら、お買い物もできませんよ！　奥様はずっと働きづめではないですか」

ドロシーはリデルの体を気遣ってくれるが、リデルは働き者の彼らにこそ休んでほしいと思っていた。

「大丈夫です。社交はそれほど好きではありませんから。それに事業に失敗すれば領の損失になってしまいます。冬支度に響いたら旦那様に申し訳がたちません」

お飾りの妻はフリードリヒが帰ってきたらやることもなくなる。それならばと、フリードリヒが帰ってきてからも、私財を投じたこの温泉を任せてもらおうと考えていた。ささやかながら仕事が出来るし、領地に貢献できる。

フリードリヒからは戦地から二度ほど手紙が届いた。それによると戦局は有利に進んでいて、夏が終わる前には戻れそうだと書いてあった。

そのほかの内容はすべて連絡事項のみ。だから、こちらから送る手紙も、自然と領地運営の報告書のようになる。ただ、彼の無事を祈っていることは必ず伝えていた。

顔には出さないが使用人たちもきっと頼りになる領主が留守で心細いことだろう。そして、心配していたフリードリヒの親族たちはこの領地にやってこなかった。

ハワードに聞いてみると、親族たちはこの辺鄙な場所を嫌い用がなければやってこないとのことだった。フリードリヒに聞いていたとおりの人たちのようだ。ひとまずリデルは、安心した。

このまま無事、フリードリヒの帰還まで領地を守れますようにとリデルは祈る。

何といっても彼は約束を守ってくれているのだから、リデルもそれに報いる義務があるのだ。

「奥様、そこまでです。働き過ぎですよ。今すぐお茶にいたしましょう！」

ハワードが執務机を片付け、ドロシーがお茶の準備を始めてしまった。

「私はそれほど働いていないわ。あなたたちこそ、少しは休んで」

二人はそろって首をふる。

「それならば、奥様もお休みくださいませ」

「では、公平にみんなで休みましょう？」

そんなリデルの提案で、彼らは執務室でしばし休憩をとることとなった。

ただし、順番で。

◇

領地に短い夏が始まったある日、戦争終結の知らせが届いた。

思ったより短い期間で決着がついてよかったと、リデルはほっと胸をなでおろす。

やはりフリードリヒがいなくてリデルも心細かったのだ。特にトラブルもなく、無事に約束を守ることができて本当に良かったと思う。

新しい事業については、手紙で了承の旨を伝えられているので大丈夫だとは思うが、実際に現場を見たフリードリヒが何というか、少しドキドキしていた。

しかし、一週間もしないうちに不吉な知らせがノースウェラー城に舞い込んできた。

戦場での行方不明者リストにフリードリヒ・ウェラーの名があったというのだ。

うららかな午後、リデルは執務室で仕事をしている最中に、その報を受けた。彼女は一瞬目の前が真っ暗になる。

領主の代行はできても、その先はリデルでは力不足だ。

フリードリヒなしで領を守れる自信などない。指示書があったからこそ、今までスムーズに進んできたのだ。

「今すぐ、王都へ向かいます」

フリードリヒの安否が心配で、リデルはいてもたってもいられなかった。きっと王都の方が、状況がより詳しく早く伝わるだろう。

それにもしかしたら行き違いで、その間にフリードリヒが王都に帰還しているかもしれない。

「奥様、それだけはどうかおやめください」

焦ったようにハワードが止める。

「どうして？　旦那様の安否をいち早く確かめなければ。あなたたちも心配でしょう？」

リデルは目を瞬いた。

フリードリヒが使用人たちに慕われているのは知っている。彼らだって、主人の安否が心配なはずだ。

「実に言いにくいことなのですが、旦那様の安否がわからなくなったいま、ご親族の方々がこの領地にやってくるのではないかと思われます」

「え？」

すっかり失念していた。確か強欲な親族たちから使用人たちと領地を守ってほしいと頼まれていた。それが結婚の条件だ。

「奥様には、対処をお願いしたいのです」

ハワードをはじめ、使用人一同から頼まれてしまった。リデルは断るわけにはいかない。

リデルにとって、温かくこの領に迎え入れてくれた彼らはとても大切な存在になっていたし、フリードリヒとの約束もある。

親族たちはそんなにすぐ来るだろうかと思いつつも、リデルは王都に行ったからといって状況がよくなるわけでもないと気持ちを切り替えた。

フリードリヒは縁あって夫になった人だ。相手に情はないかもしれないが、リデルは仕事をしていくうちに少なからず彼に親近感を抱くようになっていた。

仕事を通して、彼が領民に対して非常に心を砕いているのがわかったからだ。だから、戦場でも人がついてくるのだろう。

どうか無事でいてほしいと、リデルは願った。

◇

リデルはここ数日ほど不安と重圧で不眠に悩まされた。未だフリードリヒの安否は不明だ。

その晩も不安のうちにごく浅い眠りについた。

すると明け方近くに、どんどんと部屋のドアをたたく音で目が覚めた。眠りの浅かったリデルは、何事だろうかとガウンを羽織りどきどきしながら部屋の戸を開ける。

「どうかしたの？　ドロシー？　旦那様が見つかったの？」

すると珍しく焦った表情のドロシーの後ろから中年の男女が現れた。

「お前は自分の主人が安否不明だというのに、のうのうと眠っていられるのか！」

いきなり野太い男の声で怒鳴りつけられた。訳がわからなくてリデルは大きく目を見開いた。するとハワードがリデルを庇うように前に出てくる。

「申し訳ございません。奥様はまだご準備がお済みではありません。もう少々お待ちくださいませ」

「貴様、使用人のくせに、先ほどから生意気な口ばかり聞きおって」

吐き出すように言った中年男性は、ハワードとドロシーが止めているのに、まったく言うことを聞かない。もしかしてこれが、フリードリヒの言っていた親族なのだろうか。

「このような時間に寝室にまで押しかけてくるなど、不躾ですよ。サロンでお待ちくださいませ」

リデルはぴしりと言った。しかし、彼女の胸の鼓動は早く、足は震えている。

「くそ、生意気な女だ！」

「小娘のくせに図々しい」

悪態をつきつつも男女は部屋から出て行った。

（なんて人たちなのだろう……）

確かにリデルは十九歳の小娘ではあるが、ここの領主代行である。自分がしっかりしなければと己に言い聞かせた。

リデルは、ドロシーに手伝ってもらい身づくろいを整えると、不安な気持ちを胸にサロンへ向かう。

ドロシーによると、最初は執務室に押し入ろうとしたらしい。それを門番と男性の使用人たちでなんとか阻止したら、リデルの部屋に行ってしまったという。聞きしに勝る連中だ。

リデルは、一度深呼吸をして、サロンへと続く扉を大きく開いた。

すると、中年の男女の他に二十代後半と思しき男がいた。どうやら一家で押しかけてきたらしい。彼らはしばらくここに滞在することになるのだろうか。リデルは先行き不安になった。

「お待たせいたしました。領主代行のリデル・ウェラーでございます。このようなお時間にどういったご用件でいらしたのでしょう？」

開口一番にリデルは言った。

「あなたねえ。遠路はるばるやってきた私たちにそういう挨拶はないでしょ？　途中野宿だったのよ」

　まるでそれがリデルのせいであるかのように、中年女性が切り口上に言う。

　しかし、ここで負けるわけにはいかない。

「深夜に寝室に押し入るのもいかがなものかと思いますが」

「なんだと！」

　目を吊り上げて中年男性が怒声を上げる。彼は普通に話せないのだろうか。先ほどから怒鳴りっぱなしである。幸いリデルには怒鳴る人間に対して耐性があった。性別の違いこそあれ、イボンヌにそっくりだ。

「まずはお名前をうかがえませんか」

　彼らにたった一人で対峙するのはもちろん怖いが、リデルは落ち着いた声音でそう告げる。

「驚いた嫁だな。私らの名も知らないとは、お前たちの結婚式には参列しただろう？」

　しかし、フリードリヒからは紹介されていない。本当に参列していたのか疑わしい限りだ。

「申し訳ございませんが、主人から紹介されていないので、存じ上げません」

「失礼な女だな。私はオニール・フリエン男爵だ」

吐き捨てるように中年の男が言った。

「私は妻のフラニーよ。こちらは私の弟のサム。それから、私たちの娘は所用があって後から来るわ。ああ、それからわかっているとは思うけれど私たちは貴族だから、敬意を持って丁重に扱いなさい！」

そう言うと彼らは品のない所作でガチャガチャと音をたててお茶を飲み、焼き菓子を食べ散らかし始めた。夫婦だけではなく何故弟まで連れてきたのか、リデルはそれが不思議でならなかった。

「腹が減った。おい、まずは食事の支度をしろ。それから、風呂に寝床だ。部屋は一階の一番良い客間を使う」

オニールが威張り腐って使用人たちに命令する。

それから、フラニーとサムを振り返る。

「お前たちも好きな部屋を使え」

図々しいことこの上ない。まるで自分の邸のようなふるまいに不吉なものを感じる。

これは手を焼きそうだ。

「これじゃ足りないわ。ここまで長旅だったのに。そこのメイド、肉を焼いて持ってきなさい」

フラニーがいきなり命令し始めて、リデルは目を白黒させた。

「ドロシー、夜遅くに悪いわね。簡単にできるありあわせのものをお願いします」

「おい、何を勝手なことを指示しているんだ」

オニールが怒りに顔を赤く染めて立ち上がる。

「このような時間、大半の使用人は寝ております。彼らは朝が早いので今起こすわけにはまいりません。どうかお静かに願います」

「はっ、何を言っているの、あなた？　使用人に気を遣う貴族がどこにいるのよ」

フラニーが呆れたように言う。

「おい、リデル、風呂の用意をしろ」

ぞんざいな口調で言ったのは今まで一言も発しなかったサムだ。あまりのことに唖然とした。よく見ると彼は帯刀している。

（軍人でもなさそうなのになぜ？）

リデルは首をひねった。

「奥様、ここは私どもが」

「夜も遅いですし、奥様はお休みくださいませ」

そう言って、ハワードとドロシーがリデルを守るように前に出る。

使用人たちは平民出身だ。帯刀している傍若無人な貴族がどれほど恐ろしいものか知っている。

健気な彼らのためにも、リデルも動揺を悟らせないように指先の震えを隠した。

「お客様方のお荷物をお部屋にお運びしてください」

そう声をかけると、こんなに起きていたのかと思うほど、使用人がわらわらと扉の後ろから出てきて驚いた。

彼らはそばで控えてくれていたのだろう。皆がリデルを心配していることが伝わってきて、胸が熱くなる。なんとしても領地と使用人を彼らから守らなくてはならない。

次の朝、目覚めるとドロシーの姿がなかった。彼女はいつもリデルが目覚める頃にやってくる。嫌な予感がして手早く身支度を終えると、急ぎ執務室に向かった。

すると案の定騒ぎが聞こえてきた。執務室のある二階の廊下に男の怒鳴り声が響き渡る。

「おやめください！」

ハワードの叫び声が聞こえきて、リデルは走った。

「うるさい！　それ以上の邪魔だては許さない！」

「貴様ら、貴族に逆らうのか！」

リデルが慌てて執務室に入ると、ひどい有様だった。引き出しという引き出しは開けられて、整頓されていた書類が荒らされて散乱している。ハワードをはじめとする使用人たちが、親戚たちの狼藉を必死にくい止めている。

しまいにはサムが剣を抜き、彼らを脅しつける。

「貴様ら、邪魔だてするならば、斬り捨てるぞ」

「何をなさっているのです！　おやめください！」

リデルは荒事になれていない。怖くて仕方がなかったが、サムと使用人たちの間に割って入る。

貴族である自分なら斬り捨てられないはずと信じて。怯えをけどられないようにサムに正面から目を据える。

かつてないほど、リデルの心臓が激しく音を立てた。

今彼らを守るのはまさに命懸けだ。今更ながら、フリードリヒから与えられた潤沢な小遣いに納得がいく。

「サム、やめておけ。そいつはいまのところ、侯爵夫人なのだから、傷つけるのはまずい」

オニールがいまいましそうに舌打ちをする。サムとリデルがしばらく睨み合う。やがて悔しげに彼は剣をおさめた。

「私の許可なく勝手に執務室に入らないでください」

「なんだと！」

「私は主人から留守を預かっています。今は私が領主代行です」

リデルはこんなふうに強く自分を主張したのは初めてで、声の震えを隠すので精一杯だ。

サムが再び柄に手をかける。かなり気が短い。恐怖を感じるが、ここで悲鳴を上げて逃げ出そうものなら、彼らに好き放題されてしまう。リデルは怯える内面を押し隠し、昂然と頭を上げた。

「やめておけ、その女が威張っていられるのも今のうちだ。そのうち娘のハンナが王都からいい知らせを持ってくる」

そう言うといやらしい笑みを見せオニールはサムを引き連れて去っていった。彼らが完全に見えなくなるとリデルは膝が震えて立っていられなくなった。

まだ、親戚が増えるのかと思うとめまいがする。

「奥様！」

すぐにハワードとドロシーが駆け寄ってくる。

「申し訳ございません。奥様をお守りできなくて」

いつも朗らかなドロシーが悔しそうに言う。そして、体を支えてくれているハワードの腕を見てはっとした。シャツが破れ、血が滲んでいる。

「ハワード、あなた斬られたの⁉」

「大丈夫です。たいしたことはありません」

ハワードは慌てたように腕を隠そうとする。

「誰か治療を。それからほかにけが人は？」

「それが……」

リデルはいいよどむハワードにもう一度決然とした口調で問い質し、彼から詳しい話を聞きだした。

それによると、昨晩から門番も含め、けが人が数名出ていたらしい。サムは止める使用人に剣を振りまわし、貴族の身分を盾にこの城へ入り込んできたのだ。

そういうことは逐一報告してくれとリデルは彼らに頼んだ。

彼らを守るのがリデルの仕事であり義務なのだ。フリードリヒとかわした絶対の約束。使用人たちに頼りないと思われ、守られていては彼との約束を果たせない。リデルは気を引き締めた。

今までは静かで穏やかだった城が、親戚の襲来で蜂の巣をつついたように騒がしくなり、常に緊張感に包まれていた。フラニーはちょっと目を離すと若いメイドをいびるし、オニールとサムは夜中まで酒を飲み騒いだ。

リデルは危険を感じ女性の使用人を彼らから遠ざけ、特に若い娘は別邸に行くように指示をだした。

それればかりか、何かというと執務室に押し入ろうとするので、リデルは自室に戻るのをやめ、執務室の続き部屋にある仮眠ベッドで休むことにした。

領主代行であるリデルでなければ、勝手に侵入してくる彼らを止めることはできないのだ。

いつも彼らは昼過ぎに起きるので、彼らが来る前に仕事を終えようと、リデルは夜明けとともに仕事をするようになった。

◇

傍若無人な親戚の滞在も十日を過ぎるころ、若い下級使用人たちが勤めをやめたいと言い始めた。何とか引き留めるも、リデルは親戚たちの横暴に頭を悩ませる。

やはりリデルではなめられてしまうのだ。何とか彼らを追い出せないだろうか。あいにく領主代行でしかない彼女には裁判権までは与えられていない。

彼らの不当行為を訴え王都で裁判を起こすしかないのだ。だが、それには金も時間もかかるし、ここを留守にして王都に行ったりしたら、それこそ彼らの思うつぼである。

そして、何よりフリードリヒの安否が心配でたまらない。

リデルは使用人たちの前では笑顔を絶やすことはなかったが、毎日、心休まることなく不安な日々を過ごしていた。かいがいしく働いてくれるドロシーもハワードもそれは一緒だろう。

そんなある日、リデルが執務室で書類整理のついでに簡単な朝食をとっていると、上機嫌のフラニーがやってきた。

リデルは彼女を執務室の中まで入れないように、さっと扉に近づいた。

「ここへは入らないでください」

毅然とした口調で告げる。

すると廊下の端から下卑た笑い声が響いてきた。振りむくとオニールとサムがいる。

そしてその後ろには、リデルと年の近い令嬢が可憐な笑みを浮かべて立っていた。

「ハンナ、こちらにいらっしゃい。私の娘なの」

フラニーが自慢げに紹介する。また親戚の人数が増えてしまった。今だって持て余しているのに。

リデルはショックを顔に出さずに、執務室のドアの前に立ち尽くす。絶対に彼らをここに侵入させてはならないのだ。

「あなたが、リデルね。ふふふ」

そう言ってハンナがふわりと微笑む。

「ねえ、こんなものをフリードリヒ様から預かっているの」

リデルの目の前に一つの書類が差し出された。

「あなたが、旦那様から預かったのですか？」

そんな話は初めて聞いたので、リデルは訝しげにハンナに問う。フリードリヒは何も言っていなかったし、行方不明になってからは手紙も届いていない。眉根をひそめ、リデルはハンナから書類を受け取ると……。

「これは……離縁状」

書類には見慣れたフリードリヒのサインがはいっていて、すべての事項は書き終えている。後は、リデルがサインをすれば完了だ。筆跡から、間違いなくフリードリヒの手によるものである。

「フリードリヒ様は、戦場から戻り次第、あなたと離縁するつもりでいたの。あなた何も聞いていないの？」

不思議そうに首を傾げるハンナの前に、今まで精いっぱい張ってきた虚勢が、ガラガラと崩れ落ちた。ショックで、ふらりと体がかしぐ。

「なぜ……」

彼は女嫌いではなく、リデルが嫌われていた？

「あら、ショックみたいよ？」

「かわいそう」

言いながら彼らがくすくすと笑う。

「さっさとサインをして、この城から出ていけ！」

オニールの怒声が遠くから聞こえる。

（私が、立ち向かわなければいけないのに……）

「奥様！　これは何かの間違いでございます！　旦那様にそのようなおつもりは断じてございません」

ハワードが必死に言い募るが、一度崩れた心は容易には立て直せない。はらはらと涙が零れ落ちた。張り詰めていたものがぷつりと切れた瞬間だった。使用人がみなリデルを守るように集まってくる。

「奥様！　大変です！」

そのとき門番の大音声が、二階まで響きわたった。

何事かと皆がそちらを振り向いたとき、目を見開いたドロシーが門番とともに息を切らせて階段を上ってきた。

「奥様！　旦那様が！」

ドロシーがリデルの涙を見て慌てて駆け寄ってくる。

「どうなさったのですか！」

「ドロシー、まずは奥様にお伝えしなければならないことが」

門番の言葉にドロシーははっとして我に返る。

「旦那様がお戻りです！　サロンにお越しください。アンドレア伯爵が旦那様の付き添いでいらしています」

「よかった……」

リデルが呟く。これで使用人たちは守られる。

しかし、親戚一同はドロシーの言葉を聞くと悪態をつき、我先にとサロンへ競うように走っていった。

一方、リデルはフリードリヒが生きていたと聞いてほっとして一気に腰が抜けた。

リデルはドロシーとハワードに支えられるように、ゆっくりと一階に下りた。すると一階の廊下には王都から来た騎士と役人が数人待機して、リデルは丁寧な挨拶を受けた。

フリードリヒが帰ってきたのなら、安心だ。肩の荷は下りたが、あの離縁状を見る限り、いよいよ出ていかねばならないのかと覚悟を決める。

（ここが気に入っていたのに……、私は好かれなかった）

実家はリデルを受け入れないだろう。しかし、今はまずフリードリヒの無事を喜ぼう。

リデルは気持ちを奮い立たせ、フリードリヒが待つサロンの扉の前に立った。

すると薄く開いた扉から声が漏れ聞こえてきた。

「あの女との関係は冷え切っていた。その証拠に子どももいない。お前は戦争からもどったら、あの女と離縁するといっていた」

オニールの心無い言葉がリデルの弱った心を突き刺す。

「そうは言われても」

困惑しきったようなフリードリヒの声が聞こえる。ここで立ちすくんでいても仕方がない。リデルは勇気を振り絞り、扉を押し開きサロンへ一歩入った。

正面には一年前より少し痩せたフリードリヒが、その右隣にはハンナが座り、左隣りには付き添いで来たトニー・アンドレアがいた。

その周りをオニール、フラニー、サムがとり囲んでいる。すでにリデルの居場所はない。フリードリヒは、あれほどリデルとの間に距離をとっていたのに、ハンナが隣にいても拒絶しない。リデルは結婚前も結婚してからもフリードリヒの隣に座ったことはないのでショックを受けた。こぼれそうな涙を堪え、胸を張る。

とりあえず挨拶をしなければ……。

しかし、フリードリヒはリデルが入ってきたことに気付くと、弾かれたように立ち上がる。そのアイスブルーの瞳は驚いたように見開かれていた。

「お帰りなさいませ。旦那様、ご無事で何よりです」

なけなしの虚勢を張り、リデルは優雅に膝を折る。

「君が、リデルなのか？」

「はい？」

あまり顔を合わせることのなかった妻の顔を忘れてしまったのだろうか。あまりにも薄情というもの。再びリデルは涙ぐむ。

二人はしばし、立ったまま見つめ合う。しかし、彼の頬は上気し、アイスブルーの瞳はきらきらと輝いている。何かがおかしいとリデルは気付いた。

確かに姿形はフリードリヒだが、彼にしては表情が豊かすぎるのだ。リデルはショックを受けたことも忘れ、彼をまじまじと見つめてしまった。

「驚いたな。なんてことだ。私の妻はこんなに美しいのか」

「は？」

リデルが唖然としている間に、フリードリヒは大股でリデルのもとへ歩いてくると、いきなりひしと彼女を抱きしめた。衝撃のあまり、リデルは金縛りにあったように動けない。

（なぜ？　どうして？　どうなっているの？）

リデルはひたすら混乱した。

「君に会いたかった！」

感極まったように彼が叫ぶ。

「え？　ちょっと待ってください！　あなた誰ですか！」

気づくとリデルはそう叫び、彼の腕から逃げだそうと厚い胸板を押し返していた。

しかし、鍛え上げられた彼の体は微動だにせず、リデルだけが彼の腕の中から逃れようともがいている。

こうなると、もう何がなんだかさっぱりわからない。彼は戦場で気がふれてしまったのだろうかと、混乱した頭でリデルは考える。

「誰か！」

リデルが彼の腕の中でもがき、か細い声で助けを呼ぶ。

絶対に姿形の似た偽物に違いない。リデルはその時そう思った。

第三章　帰還

「フリード、少し落ち着け！　奥方が困っているではないか」

慌てて、軍服姿のトニーが止めに入る。

そのおかげでなんとかフリードリヒを引き離せた。

「どうしてだ。トニー？　彼女は私の妻だろう。久しぶりの再会だ。君は私の友人だと言っていたのに、なぜ邪魔をする」

そういってフリードリヒがトニーを睨む。

その後ろで、オニールとフラニーは眉をひそめてひそひそと話し、ハンナとサムは大きく目を見開いていた。明らかに今、異常事態が起きている
「いや、お前、奥方が戸惑っているのを見てみろ」

フリードリヒが不安そうな視線をリデルに向けてくる。この表情豊かな人は誰？　リデルは後退(あとずさ)りした。

悪いこともいいことも一気に起こり混乱極まっているところに、さらには別人のような夫。リデルはパニックに陥った。

するとトニーがリデルの前に立ち、姿勢をただして挨拶をする。

「ウェラー閣下の部下で、トニー・アンドレアです。夜会のおりにご挨拶させていただきましたが、覚えておいででしょうか？」

「もちろんでございます。アンドレア様、遠路はるばるお越し下さり、ありがとうございます。ですが、この方は本当に私の旦那様でしょうか？」

自分でも間抜けな質問だと思うが、リデルが問うとトニーが悩ましそうに額に手を当てる。

うっかり偽物を連れてきたのだろうか。それともリデルが親戚に困惑しているのに気づき替え玉を連れてきてくれたのだろうか？

「奥様、非常に驚くべきことですが、彼は間違いなく私の上司であり、友人であるフリードリヒです。彼とは養成学校の寄宿舎時代から一緒ですが、古傷がすべて一致しております」

「は？」

まじまじとフリードリヒの顔を見るとこめかみの薄い傷も健在だし、特徴的なアイスブルーの瞳も砂色の髪も彼そのものだ。

いくら姿形の似ている人間がいたとしても古傷や瞳の色まで似せることなど出来ない

だろう。

すると今までフリードリヒの態度にあっけにとられていたハンナがいち早く体勢を立て直し、口を開く。

「あなた、自分の夫の顔もわからないの？　私はすぐにわかったわ」

「まあ、呆れたわね！　それでよく妻だと言えたわね」

フラニーがハンナと一緒になって、リデルを非難する。

「フリードリヒ、私たちはお前を心配してわざわざ王都からやってきたのだ。通りお前の妻は夫の顔も忘れるほど薄情だ」

親戚たちが勢いを取り戻し、再び騒ぎたてる。

「フリードも混乱しているんです。少し静かにしてください」

トニーが何とか親戚を黙らせようとするが混乱は深まるばかり。肝心のリデルが呆然自失の状態だった。

結局、フリードリヒがトニーに促され、親戚にサロンから出るように命令すると不承不承ながら彼らは従った。

人払いをした後、リデルは驚愕の事実を聞かされることになる。

「フリードリヒは、記憶を失い戦場をさまよっているところを保護されたのです。状況から言って部隊が敵軍によって分断されたとき、矢で射られ落馬したようです」

「そのショックで記憶を失ったということですか？」

トニーが深く頷く。

「ええ、それはもうきれいさっぱり。家名どころか名前まで覚えていない状態でした。それで一時期、行方不明者リストに載ってしまったのです。しかし、医者の話ですと手続き記憶は残っているので領地の経営には差し支えないと思います。もちろん奥様の支えがあればの話ですが」

「手続き記憶ですか？」

「ええ、日常生活で必要になる記憶です。医師が診たところによると読み書き計算教養にはなんら問題ないようです。もちろん、ダンスも覚えていますし、乗馬や剣術にも長けており何ら問題はありません」

奥様の支えがあればと言われても、彼はリデルと離婚しようとしていたわけで。トニーにどこまで話したらよいのかと悩んでしまう。

しかし、黙っているわけにもいかない。そして、フリードリヒはというと先ほどから嬉しそうにリデルをにこにこと見つめてくる。

彼はなぜか腕が触れ合いそうなほどごく近くに座っていた。あれほど、人に触れるのは苦手だと言って、慎重に距離を取っていた人なのに。

「あの……、お疲れのところ、非常に言いにくいのですが、このまま黙っているのも旦那様の弱みに付け込んでいるようで嫌なので言いますね」

リデルがそう前置きするとフリードリヒは不安そうな顔をする。

「なんだい、リデル」

温かみのある声に安心するより、身震いした。やはり偽物？　彼らしくない。

それからリデルは、先ほどハンナから受け取った離縁状を取り出す。ほんの少し涙で濡らしてしまった。

「旦那様は私と離縁するおつもりだったようです。ハンナ様がこれを旦那様から預かったと言っておりました。後は私のサインを入れるだけとなっております。つきましてはその条件についてお話したいのですが」

リデルの告白に、その場の空気がぴしりと固まった。

「え、そうなのか？　フリード？　いい妻がきたと言っていたじゃないか！」

「なぜだ、リデル？　私はそんなに君を困らせていたのか！」

トニーが驚き、フリードリヒが衝撃を受けたように叫ぶ。

「いえ、これは私が用意したものではありません。旦那様が書き込んでハンナ様に預けたものです」

「そういえば、先ほどハンナという娘はお前の妻のような素振りだったな？」

トニーが不審げに言う。

「ああ、あの図々しい女か。冗談ではない。私の妻はここにいるリデルだ」

「いや、だが、これは間違いなくお前の筆跡だろう？」

呆れたようにトニーが言う。

「そんな馬鹿な！　こんな美しい人と離縁だなんて。リデル、頼む、私を見捨てないでくれ」

がしっとフリードリヒがリデルの腕をつかんできたので、リデルは驚いて飛び上がった。

　またしても彼は何の躊躇もなく触れてきた。しかも捨てられた子犬のような視線を向けてくるので、振り払えない。

　リデルはすっかり変わってしまったフリードリヒをどう扱ってよいのかわからなくて途方に暮れた。フリードリヒに話を振っても埒が明かなそうなので、トニーに尋ねた。

「あの、アンドレア様。旦那様の記憶が今後戻ることはあるのでしょうか？」

「そうですね。明日にでも戻るかもしれないし、徐々に思い出すかもしれないし……。

一生忘れたままかもしれないというのが医者の話です」

「……なるほど」

答えつつもリデルは混乱の極みにいた。結局何も解決していない。

「友人として彼の名誉のために言っておきますが、記憶のある頃の彼は奥様を悪く言ったことはないし、むしろできた人だと言っていた。そして、ご親族らのことは明らかに警戒していました。それに夫人は使用人たちにかなり慕われているようだから、しばらく彼のもとにいてほしいのですが。おそらくこの書類は何かの間違いでしょう」

トニーの言葉にフリードリヒが子どものように何度もコクコクと頷く。しかし、本人直筆の離縁状に間違いも何もないのではと思う。

「頼むよ。リデル、きっと何かの誤解なんだ。私が君のような魅力的な女性と離縁なんて考えるわけがないんだ」

嬉しく思うより、その変わりように寒気すら覚えた。

しかし、ここに置いてもらえるなら、それはそれでありがたいことだ。

「あのアンドレア様、フリードリヒ様は軍隊ではいつもこのようなお方だったのですか？」

もしかしたらこれが素なのかと考え、リデルはおずおずと切りだした。だが、トニーはあっさりと首を振る。

「いいえ、社交界の評判通りの氷のような男です。しかし、戦場では勇敢に戦い、将軍でありながら矢面に立ち部下を庇うことも多々あります。本当は情に厚い男だと私は信じております」

(結局、どっち?)

「……はい」

リデルはトニーの熱弁に頭を悩ませた。彼も混乱しているのだろうか。

「そうだ。フリード、俺たち軍人は戦場へ行く際、家族に遺言を残す。それを確認すれば、君の考えがわかるのではないか? この離縁状は君の筆跡をまねた偽物かもしれないし、まあ文書偽造なんて投獄ものだけれど。公証人に見せればそれもはっきりするかもしれない」

「そういえば、王都の公証人に遺言書を預けていると旦那様から伺いました」

親戚に押しかけられて、それを確認するどころではなかった。

「なるほど、いい考えだ。さっそく王都に行こう」

記憶をなくす前にはなかった直情径行にリデルは戸惑う。彼はすぐに立ち上がり戸口に向かった。それをリデルは慌てて引き留める。

「旦那様、それは少しお待ちくださいませ。私は旦那様が戦場に行く前、ご親族の方々から領と使用人たちを守ってほしいと頼まれており、それは婚姻の前に交わされた証書にも記されております。だから、ここに残ってください。私が代わりに王都へ参ります」

「だめだ、リデル！」

「私が信用できませんか？」

フリードリヒの拒絶の言葉が思いのほかぐさりと心に刺さる。一時にいろいろなことが起きてリデルの気持ちも激しく揺れ動いているのだ。

「君はきっとそのまま帰ってこないつもりだろう？」

そう言ってすがるような目を向けてくる。

「はい？」

意味をはかりかねてリデルは首をひねった。

「私は記憶がなくなる前、冷血漢だったと聞く。そんな私に愛想をつかしたんだね」

フリードリヒが悲しそうに目を伏せる。

「しかし、あの離縁状は旦那様がお書きに……」

「夫人、記憶を失ったフリードリヒをどうか見捨てないでください。友人として頼みます」

トニーがリデルにみなまで言わせないように割り込んでくる。

「は？」

「大丈夫です。文書は責任をもって俺が手続きをして、ここへ持ってきます。それでいいな、フリード」

「ああ、頼んだよ。トニー」

ガタイの良い男たちが固く手を握り合い、熱く見つめ合う。なぜか背筋がぞくりとした。

軍人同士って距離が近いの？

「では、さっそく、俺は王都へ行く。お前も達者で暮らせ」

と言って立ち上がる。

「そんなアンドレア様、せめて今晩一晩だけでもここにお泊り下さい」

リデルが慌てて引き留める。

「いえ、久しぶりの再会ですし、夫婦水入らずでゆっくりお過ごしください」

そうは言われても、この状態のフリードリヒを置いて行かれては甚だ扱いに困るのだ。

「うちにはいい温泉がございます。ぜひ！」

とっさに温泉で引き留めてみた。

「おお、そういえば、聞いたことがあります。王宮にも負けない最高の湯殿があると」

どうやら彼は単純な人のようだ。

「ええ、ぜひともお願いいたします。せめて一晩だけでもお泊まり下さい」

「最高の湯殿？　私は初めて聞いたぞ？」

フリードリヒがきょとんとしている。

「そうです。旦那様も湯につかれば、記憶を取り戻すかもしれません。さっそく旅の疲れを癒しましょう」

リデルはハワードとドロシーを呼び、手短にフリードリヒの状況を報告した。二人も驚き戸惑っていたが、優秀な彼らはすぐに理性を取り戻し、顔を引き締めた。彼らにとっては主が無事だったことの方が喜ばしいのだ。たとえどんな状態で帰ってこようとも。

「ではハワード、旦那様方を湯殿へお連れしてください」

しかし、トニーとともに途中まで行きかけたフリードリヒが、いきなり立ち止まりリデルを振り返る。

「おい、フリード、どうしたんだ」

トニーが彼の異変に気付き声をかける。

「リデル。まさか私が風呂に入っている間に逃げたりしないよね？」

不安そうにアイスブルーの瞳を揺らし聞いてくる。

「は？　いえ、そんな失礼なことは致しません。出ていくときはアンドレア様をお見送りして、きちんと領地の収支報告をしてからです」

すると一瞬明るくなったフリードリヒの表情が曇った。

「リデル。どうか私を捨てないでくれ」

そう言って、リデルの前に跪き縋りついてくる。

「え、ええ？」

リデルは大きな体で縋りついてくるフリードリヒにどう対処したらよいのかさっぱりわからない。リデルよりずっと付き合いの長いハワードすら、フリードリヒの変わってしまった様子に呆気にとられている。

「あの、旦那様、とりあえずご親族の方たちに執務室に入らないようにご命令していただけますか？　もちろん、旦那様と一緒でなければ、私も今後は一切執務室には入りません。つまりは立ち入り禁止ということでお願いします。それから、ご親族のうちの一人、サム様が帯刀しておられます。使用人たちにけが人も出ておりますので、あのお方から剣を預かっていただけますか？」

そう頼むと、彼の表情が一瞬で豹変した。きりりと引き締まり、アイスブルーの瞳が冷たく光る。

やはり偽物ではない。これは記憶が戻ったかも……。

「おい、そこの使用人。サムとかいう男をつまみ出せ！　我が家で帯刀したうえ、剣を抜くなど絶対に許さん！　誰がけがをしたのか、傷はどの程度なのか私に報告するように、破傷風は危険だ。きちんと対処しなくてはならない」

いや戻っていなかった。あれほど信頼していたハワードの名前すら覚えていない。そしてはっとしたようにリデルを見る。

「す、すまない。女性の前で大声を出したりして、どうも私は激情に駆られやすいたちのようだ」

やはり別人としか思えない。激情に駆られやすいって誰のこと？　さらには饒舌さに引く。

「いえ、私は大丈夫です。どうか湯殿で疲れをいやしてくださいませ。その間にあり合わせですが、いそぎ晩餐の準備を致します」

完全に別人格としか思えない。リデルの気持ちはざわざわどきどきと忙しく今にも叫び出しそうだ。

男たちが出ていくと、リデルは使用人たちを集め、フリードリヒの症状を説明し指示を出した。

使用人たちはみな一様に驚いたが、それでも城の主人の帰還で歓喜に沸いていた。

その日の晩餐は、湯上りでさっぱりしたフリードリヒにトニー、フリードリヒの親族一行と食べることになった。

ここにきてこれほどの大人数で食事をしたのは初めてだ。リデルはいつも一人で食べていた。そしてサムはそこにいなかった。本当に追い出してしまったようだ。彼がどうなってしまったのかリデルは知らないし、さっきのフリードリヒの剣幕を思い出すと知りたくもない。

使用人の名前すら覚えていないのに、彼らを大切にしているところは変わらないので、そこに少し安堵（あんど）する。ここの使用人たちは有能で素朴で気持ちの良い人たちだから。

そういう人たちを周りに置いていた以前のフリードリヒは、やはりいい人だったのだろうか？　リデルは彼のことをあまりにも知らない。

フリードリヒは食事の前に、何かと理由をつけて隣に座ろうとするハンナを押しのけ、リデルを座らせた。おかげで親戚の視線が痛かった。フリードリヒは記憶がないにもかかわらず、早くも親戚を疎み始めている。

食卓ではフラニーがサムを追い出されたことに不平を言い、オニールとハンナはここに住むと言い張り、晩餐はぎすぎすしたものとなった。そのせいかリデルは食欲がわかない。だが、この状況にかかわらずフリードリヒもトニーも健啖家（けんたんか）でよく食べた。

「このランプ肉は絶品だな」

まるではじめて食べたかのようにフリードリヒが言えば、

「戦場では干した肉ばかりだったしな。焼き立ての肉は最高だ」

トニーが破顔する。その合間にオニールが「この女をいつまで置いておく気だ」とリデルを指さし、フリードリヒからつまみ出されそうになった。

突然、夫に大切にされ始めて、リデルは身の置き所がない。

次の朝、トニーは王都へ向けて旅立った。

フリードリヒはゆっくり眠れたのか、すっきりした表情をしている。

「リデル、一緒に執務室に行こう」

リデルはゆるゆると首をふる。

「私だけ特別扱いしたら、オニール様やフラニー様が怒ります。まずは旦那様の目でお確かめください。そのあと質問にお答えします」

それこそ親戚たちに何を言われるかわかったものではない。リデルは断った。

「そうか……」

がっかりしたような顔をする。しかし、そんなフリードリヒの様子にかまっている場合ではない。

自室にもどると、リデルは荷物をまとめ始めた。フリードリヒの記憶はいつ戻るかわからないのだ。その時にリデルが本邸に住んでいてはまずいことになるだろう。すぐに別邸に移り住む準備をしなくてはならない。本邸は仮の住まいと思い荷物は最小限にしていたつもりだが、いつの間にか増えていて、意外にかさばり手間取った。

すると廊下で騒がしい足音が聞こえてきた。どうも誰かが走っているようだ。またオニールたちが騒ぎを起こしたのだろうかとうんざりする。

「リデル！　リデル！」

フリードリヒの声に慌てて扉を開けた。

「旦那様、何事です」

「リデル、なぜ出ていこうとする」

「え？」

そう言うフリードリヒの隣には下働きのメイドがいて、心配そうに二人の様子を見ている。彼女がリデルの荷造りをフリードリヒに知らせたのだろう。

「誤解です。今から、別邸に移るだけです」

「は？　なぜ、別邸に移る必要があるんだ。リデル、昨夜は私が疲れていると思って寝室に来なかったのかと思ったが、君は」

悲しみに潤んだ瞳を向けてくる。

「ちょっと何を大声で言っているんですか。とりあえず部屋に入ってください」

リデルは真っ赤になった。メイドにお茶の準備をお願いするとフリードリヒを部屋に招き入れる。

「旦那様、落ち着いて聞いてください」

それから、リデルは二人の結婚生活について話し、なぜ今は本邸で暮らしているのか、どうして別邸に戻るのかを彼に伝えた。

「そんな、ならば私たちの結婚は」

「いうならば、雇用契約に近いでしょうか」

「つまり白い結婚だと」

「そういうことです」

白い以前に、完全なる雇用契約。

「そ、それで君はもう恋人を作ってしまったのか？」

「作っていません。領地の仕事が忙しく、それどころではありません。そんなことより、執務室できちんと書類を確認してきてください」

リデルは子どものように感情のままに動く、フリードリヒをなだめ、部屋から出そうと背を押した。彼がここでのんびりしている間にまたオニールたちに執務室を荒らされたら大変だ。

しかし、彼はなかなか部屋から出ていこうとしない。

「書類の確認ならば、急ぎのものは大方すんでいる。それに、ここに来る旅で時間はあったから、君からの手紙を読んだ。あれで領地の状況はわかっている。領民のために薪の供給をいそいでくれたし、そのほか王都から細工師を呼んだり、温泉の整備をしたり、領のために尽力してくれていたではないか。君から送られてきた手紙を読んだとき、私は素晴らしい妻を持っていると感動した。君は新事業を起こすに際して、私財も投入していたんだね」

「失敗したら、領の税収の損失になりますから」

リデルが当然のことのように言う。

「それで、リデル、この間見せてもらった離縁状を私に預けてくれないだろうか？　記憶のない状態で、書いた覚えはないと言っても信憑性はないと思うが、考えれば考えるほど、私がそのようなことをするとは思えない。執務室をざっとみたところ、どうやら私は自領を大切にしていたようだ。それを等しく大切に扱ってくれた君と離縁しようと思うわけがない。それとも私に愛想をつかし、君から要求したものなのか？」

「いいえ、そのようなことはありません。ですが、やはり、記憶が戻った時のために私は別邸にいたほうがよいように思います」

「なぜ？」

そう言って、またしがみ付いてくる。リデルはそれをさりげなく振りほどく。戸惑いつつもだんだん彼の扱いに慣れてきた。いちいち動揺していたら身も心ももたない。

「えーっと、旦那様は私に触れられることを極端に嫌っておられました」

「え？　嘘だろ！」

フリードリヒが驚きに目を見張った。あれほど冷たく見えた彼のアイスブルーの瞳が、今は温かみを帯びて見えるから不思議だ。

「ですから、記憶が戻った旦那様はここに住む私を見て気分を害されるはずです。それに旦那様の記憶がないからと付け込んだような形になってしまうのも嫌なんです。だから、どうか別邸に行かせてください」

「リデル、君の気持ちはわかった」

納得してくれたようでよかった。

「別邸は私の名で封鎖しよう」

「は？」

「そうすれば、私の意志で君がここに留め置かれたという証明になるだろう」

「なぜ、そうなるのですか？」

訳が分からない。

湯殿の管理があるから、封鎖だけはやめてくれてとフリードリヒに頼み込む。結局、フリードリヒの意志でリデルが本邸にいるということを一筆入れてもらった。

「リデル、ナイフはあるか？」

「はい」

渡すといきなり彼は指を切った。

「きゃあ！　旦那様！　いったい何をなさるのですか！」

「血判を押しておけば、君も安心だろう」

「嘘でしょ……」

極端から、極端に変わった夫の行動にリデルの意識は飛びそうになった。血判付きの書類など物騒で気味が悪い。それともこれが軍人の常識？

「それから、このまとめた荷物は私の部屋に」

「運びません！」

フリードリヒが持っていこうとするのを断固として止めた。

王都から遺言書が届けば、きっと彼も変わるはず。

リデルとの間に子を設けず養子縁組すると言っていたのだから。しかし、親族から選ぶとも言っていたので、その養子がサムだったら嫌だなと思った。

フリードリヒはリデルにきっぱりとはねつけられ、すごすごと執務室に戻った。

記憶を失ったフリードリヒは、戦場からの帰途、自分の妻と会えるのを楽しみにしていた。

婚約破棄後にすぐに結婚するなど元婚約者に対する当てつけではないか、変わり身が早すぎるなど、リデルについて少し耳障りな噂も聞いたが、領地について事細かに報告する彼女の手紙を読み、さぞや誠実で知的で素晴らしい女性なのだろうと思っていた。

手紙の最後には必ずフリードリヒを気遣う言葉が添えられている温かな人柄にも、夫が留守の間に、しっかりと領地を守る気概にも間違いなく惹かれていた。いや、その時は妻に惚れ直したと思っていた。

封書の中には、毎回領地の季節の花が押し花になって添えられていた。

記憶をなくす前のフリードリヒ自身もそれを大切に保管していたということは、二人はお互いを想いあう夫婦なのだと疑っていなかった。

記憶を失い、けがをして戦場をさまよっていた時には妻からもらった刺しゅう入りのハンカチを握りしめていたと聞いている。

そして目にした彼女は、人から聞いていたよりもずっと美しくて天使のような女性で、会えた瞬間胸が熱くなった。

しかし、彼女はなぜか他人行儀で、フリードリヒは戸惑った。

友人だというトニーや部隊の人間からは、記憶をなくす前のフリードリヒは感情の起伏がなく、どのような状況でもいつも冷静で完璧な司令塔として活躍したと言われた。

だが、それは裏を返せば冷血漢ということで。

彼女に何かしてしまっていたのだろうかと、リデルのよそよそしい態度を見るたび、そんな不安が頭をよぎる。

かたくなに別邸に移ろうとするリデル。彼女はこの結婚は契約によるものだという。憂鬱な気持ちで執務室へ向かう。途中で親戚を名乗るオニールとその娘であるハンナをちらりと見かけたが、気づかないふりをした。彼らはどうも苦手だ。

特にハンナという女はフリードリヒにしつこく付きまとってくるので、不快だ。

昨日主寝室で寝ているとノックの音が聞こえたので、リデルかと思い扉を開けたら彼女が立っていた。ぞっと肌が粟立ち、すぐさま追い返した。

戦争後は疎遠だった遠縁の親戚が乗り込んできて、財産を持ち去ってしまうトラブルが多発するとトニーから聞いていた。この家の家令だというハワードという使用人にも話を聞いているが、親戚だと名乗る彼らのことは調査中だ。

サムのように剣を抜き、使用人を傷つけたというのならば簡単に領地から追い出してしまえるのだが、彼らはフリードリヒのことを幼少のころから知っていて、フリードリヒの身に何かあったときは領地を頼まれていたと主張している。

そのうえ、リデルと離縁して彼らの娘のハンナと結婚する予定だったと。信じたくはなかったが、離縁状はフリードリヒの直筆だった。

記憶がないので書いた覚えはないとしか言えないが、かといって偽造の証拠もないので歯がゆい。

執務室に入るとフリードリヒは、真剣に書類を読み込んだ。親戚が来る前はきちんと整理整頓されていたのに、彼らが荒らしたと使用人たちは口をそろえて言っていた。

それをリデルが止めに入り、剣をふるうサムをいさめたという。

あれほどほっそりとした可憐な人が盾となり使用人たちを守ってくれたのかと思うと、胸がしめつけられた。そのような女性と自分が離縁しようとしていたなどと、考えたくもなかった。

このような状況が続けば、いずれはリデルに離縁されてしまうかもしれない。フリードリヒは彼女を失う恐ろしさに胸を震わせた。

彼は何か記憶が戻る手掛かりが残っているのではないかと、引き出しを隅々まで探し始めた。しばらく探っているうちに、執務机の上から二段目の引き出しが二重底になっていることに気付く。

とうとうフリードリヒはリデルとの結婚の契約書を見つけたのだ。彼はむさぼるように読み始める。

結婚にあたり、リデルの主張通りフリードリヒが別居を求めていたことを知り、ショックのあまり卒倒しそうになった。これで彼女の話の裏付けは取れてしまった。彼らの白い結婚は証明されたのだ。それから彼女の誠実な人柄も。

だから彼女は荷物をまとめていたのだ。

「これでは結婚というよりも、労働契約ではないか」

フリードリヒは罪悪感に崩れ落ちた。何故自分がそのような契約を彼女のような魅力的な人と結んだのかさっぱりわからない。

しかし、どうしてわざわざ契約書を隠したのか。

自分の身にもしものことがあれば、親戚が乗り込んでくることを見越して隠していたのだろう。リデルが不利益を被らないように。

その時ノックもなくいきなりオニールとフラニーが入ってきた。

「フリードリヒ、さっさとあの女を追い出したらどうだ」

「そうよ、フリードリヒ、あの女ったら図々しくて。女主人ですって顔して、ウェラー侯爵家の親族である私たちをないがしろにするのよ。離縁したほうがあなたの身のためよ。貴族とはいえ、あまり評判の良くない家の生まれですもの。ドリモア男爵家は借財で立ち行かなくなっていたというじゃない、あなたをだましてこの家に嫁いできたんじゃないのかしら。この執務室から遠ざけようと必死だったのも怪しいわ。清楚なふりをしているけれど、あなたの財産を狙っているのよ。ちょっと美人だからって、騙されないで！」

　フラニーがヒステリックに叫ぶ。いい加減彼らの態度にはうんざりしてきた。使用人たちによると、彼らはフリードリヒの安否がわからなくなったと聞いてすぐに乗り込んできたということだ。それに一見上品ぶっているハンナの振る舞いにもフリードリヒは我慢ならなかった。彼女がそばに来ると、心の奥底にある暗くドロドロとした感情を呼び覚ましてしまいそうな不安に駆られるのだ。

　親族だと言うから、記憶を取り戻すきっかけになるかもしれないと思い滞在を許していたが、そろそろ見切りをつける時かもしれない。

「ええ、そうですね。財産を狙っているようですし、さっさと出て行ってもらいましょう」

　記憶を失ったフリードリヒは自分が強力な領主権を持っていることをトニーから教えられていた。

「やっとその気になったか、フリードリヒ」

「ハワードいるか？」

「はい、旦那様。こちらに」

彼はきちんと戸口に控えていた。できた使用人だ。常に主人のそばに影のように付き添っている。しかし、その表情には不安が見て取れた。

「今すぐ、オニール、フラニー、ハンナの三人を追い出してくれ」

「は！　仰せのままに」

とたんにいきいきとした声と表情でハワードが応じる。

「何を言っている！　私はお前の親戚だぞ」

「結婚について記した書類が見つかったんですよ」

「馬鹿な、この間探ししたときはなかったぞ！」

オニールが目を吊り上げる。

「使用人たちの言うとおり、やはりあなた方が荒らしたんですね。あなた方から使用人たちを守ってほしいと、私がリデルに頼んでいた書類が見つかりました。それに以前の私は、あなた方にうちの領に入らないようにと言い渡していたようじゃないか。何故あなた方はここに？　今すぐ出ていってもらおう。それが出来ないと言うのなら、領主の権限を行使するつもりだ。ここの領主権が国法より優先されるのはご存じですよね。私には領内で起こった犯罪を裁く権利がある。混乱に乗じて人の邸で好き勝手をするとは許せん。即刻出ていけ！」

さっそく権力を行使した。まずは城の掃除だ。

「なんですって！」

フラニーが甲高い声で悲鳴を上げる。

「行方不明になったと聞いて、心配して駆けつけた私たちになんてやつだ。この恩知らず！」

オニールが憤ったように叫ぶ。

「黙れ、この恥知らずどもが！　さっさと荷物をまとめろ。今日中に出ていかなければ、貴様ら全員、牢にぶち込む」

以前は聞くこともなかったフリードリヒの怒声が、廊下まで響き渡った。

◇

その頃、リデルは一階のサロンでお茶を飲みつつ、頭を抱えていた。

（まとめてしまった荷物をどうしよう）

フリードリヒの記憶はいつ戻るかわからない。ならばほんの少し荷解きをして、服を着まわそうかと考える。

とりあえず執務室にはフリードリヒがこもりっぱなしなので、リデルにはやることがない。

整備した温泉が気になり見に行きたいところだが、親族たちがうろつく家から離れるのも怖い。帰ってきたら、リデルの方がこの城に出入り禁止になっていたらと気が気ではなかった。

まだやりかけの仕事を残しているし、フリードリヒに引き継ぎも済んでいない。

途方に暮れたリデルがポットから二杯目の紅茶をとぽとぽと注いでいると、バンと大きな音を立ててサロンの正面扉が勢いよく開かれた。

そこには怒りに頬を上気させたハンナが立っている。何かあったのだろうか、と怪訝に思い首を傾げると、彼女はリデルのもとへつかつかとやってくる。

「いつまでここに居座るつもり？」

ハンナが突然リデルに対して怒りを爆発させた。

「いつまでと言われても……」

それはこちらが聞きたい。彼女たちこそ、いつまでここにいるつもりなのだろう。

「あなたが出て行ってくれないと、いつまでたってもフリードリヒ様と結婚できないわ。

全部、あなたのせいよ！」

ハンナはリデルに迫ってくる。癇癪を起こす様子はイボンヌを思わせた。

「そうは言われても、旦那様にここから出るなと言われているので」

リデルが冷静に答えた時、パンと乾いた音が響き、彼女の頬が熱を持った。

「え……」

かっとなるより、呆然とした。なぜ、彼女に頬を張られたのかわからない。

「あなたが荷物をまとめて、今すぐここから出ていきなさい！」

まるで城の女主人のようにリデルに命令すると、ハンナはリデルのドレスをつかみゆさぶった。突然振るわれる暴力にリデルは驚き、なすすべもない。

「痛い！」

そう叫んだのはリデルではなく、ハンナで。ふっとリデルの体は軽くなり、反動でソファに倒れこんだ。

「貴様、いったいどういうつもりだ。私の妻に何をしている！」

フリードリヒの声に顔を上げると、ハンナが腕をねじり上げられていた。

「旦那様！」

リデルの顔を見たフリードリヒの目が見開かれる。

「リデル、頬が赤くなっているではないか、貴様！」

フリードリヒの怒髪天を衝く勢いに、リデルまで怖くなる。

「フリードリヒ様は私と結婚するはずなんです。それがなぜこんなことになってしまったのですか？」

ハンナは、恐れるどころかフリードリヒを説得しようとしている。

リデルはその様子に戦慄し、ソファにしがみついた。

「だ、誰か」

弱々しい声で使用人を呼ぶ。そして、入ってきたのはなぜかドロシーやハワードではなく、いかつい領兵たちだった。

フリードリヒはハンナを突き出し彼らに告げる。

「おい、この娘の右腕を切り落とせ」

リデルは腰が抜けそうになった。しかし、ここで恐慌を起こすわけにはいかない。

ハンナは恐れるどころか口汚く使用人や兵を罵りながら、引きずられていく。

「やめてください。旦那様！」

リデルは叫んだ。

「領主の妻を傷つけたのだから、その腕を切り落とすのが道理だ」

そこには出会った頃の冷たいフリードリヒがいた。

（記憶が戻ったの？）

リデルが恐れたのは一瞬だった。それよりも彼を止めなければならい。

「そんなこと当然のはずないです。お願いやめて！」

連れ去られるハンナをかばった。騒ぎを聞いて、何事かとハワードやドロシーもやってくる。

「なぜだ、リデル。侯爵家の妻が侮辱され、傷つけられたのだぞ。当然の罰だ」

しかし、フリードリヒは受け付けない。

「何を言っているのよ！　いい加減にして。ここは戦場ではないのですよ。将来のある娘の腕を切ってどうするというのです！　どうしてもと言うのなら、私は今すぐあなたの妻をやめます。そうすれば、彼女が領主の妻を侮辱したことにはならないでしょう？」

我ながら、筋が通らないことを言っている自覚はあったが、ここは何としても彼の凶行を止めなければならない。頬をうったからといって腕を切り落とされるなど許されるわけがないのだ。

するとフリードリヒは兵に目を向けた。

「刑は中止だ。今すぐこいつを城から、いや、我が領から叩き出せ」

彼はそう言って怒りを鎮めるように肩で息をすると踵を返した。リデルは、去っていく彼の背中を見て、とりあえず胸をなでおろす。

そのまま番兵たちが城の外に連れていこうとしていることに気づいたのか、引きずられながらハンナがわめいている。

「ちょっと、冗談じゃないわ！　私の荷物だってあるのよ」

ハンナに荷物を置いて行かれても困る。捨てるだけだから。

「ドロシー、手の空いている者に彼女の荷物をまとめるように言ってくれる？」

すると珍しくドロシーの顔が曇る。

「奥様のご命令とあらば、しかし、一言だけ言わせてくださいませ。あの人を何の罰もなくここから追い出すだけでいいのでしょうか？」

普段は穏やかな彼女の激しい一面に驚いた。

「そうね。あなたたちも嫌な思いをしているわよね」

リデルは彼女の気持ちに寄り添った。

「いえ、違います。奥様が大変ご苦労されていました」

ドロシーの気持ちに胸が熱くなる。彼女はリデルの為に腹を立ててくれているのだ。

「それでも、遺恨になるようなやり方はよくないと思うの」

「遺恨……ですか」

残酷で野蛮な刑罰はよくないと思うのだが、リデルは慎重に言葉を選ぶ。だいたい頬を打たれたなら、打ち返せばいいだけの話だ。それなのに腕を切り落とすなど、リデルには考えらないことだった。

「ええ、一生体に残る傷をおったら、旦那様はご親族たちに恨まれるでしょ？　だから、そういうやり方はあまりよくないと思うの」

するとドロシーが驚いたように目を見開く。

「奥様は、先々のことまで考えて……。私、これからも奥様についていきます。荷物は私が責任を持って今すぐまとめてきます！」

なぜかドロシーがきらきらした目をむけてくるので、リデルは少し居心地が悪かった。

そこへフラニーとオニールも兵たちに引きずられるようにして出てきて、リデルをにらみつける。

「あなたのせいでサムが追い出されたのに、いつまでここに居座るつもりなのよ！」

「そうだ！　あの離縁状は有効だ」

フリードリヒがいないのをいいことに、フラニーとオニールがリデルを罵る。

「奥様に失礼だろう！」

番兵や使用人たちも、うっぷんがたまっていたのだろう。オニールたちを叱りつける。フリードリヒとともに戦地から帰還した屈強な領兵たちに囲まれ、二人はエントランスへと引きずられていった。

だが、ハンナは納得していないようで、まだ連れて行こうとする兵たちにエントランスで抵抗していたようだ。

「あなたに庇われたなんて思っていないから！　フリードリヒ様は私の腕を切り落としたりしなかったわ。ほんと大っ嫌い！」

と大声でわめく。

あの状態のフリードリヒが本気ではないと？　リデルは心底呆れた。

「私もあなたが大嫌いです。だから二度と私の前に姿を現さないで」

そう言うと、リデルは彼らに背を向けた。

◇

サロンをのぞくとフリードリヒが一人でポツンと座っていた。その背中には哀愁が色濃く漂っていて、素通りをゆるさない。

仕方がないので、リデルは彼に声をかけることにした。

「旦那様、先ほどは私の願いを聞き届けてくださりありがとうございました」

するとはじかれたようにフリードリヒが顔を上げる。

「じゃあ、私と離縁したりしないか？」

先ほどとは打って変わって、まるで叱られた子犬のような目を向けてきた。リデルは思わず後退りしそうになる。

（やっぱり、記憶がもどったわけではないのね）

「はい、旦那様が望まない限りは」

「本当だな？」

ずかずかと近寄ってきて、ぎゅっと両手をつかまれた。

記憶を失ってからというもの、フリードリヒは何の躊躇もなく触れてくる。以前はエスコートすら不慣れでぎこちなかったのに、あれは何だったのだろうかと思ってしまうほどに。

「はい、もちろんです。私には帰る場所などありませんから」

「帰る場所がない？」

「そちらに関しての書類はありませんでしたか？　確か旦那様は身上調査をしたとおっしゃっていたので詳細なものをお持ちだと思いますが……」

フリードリヒが不安そうに眼を瞬く。

「それならば私の方から、少し事情をお話ししましょうか？」

記憶を失っているフリードリヒは、頼る者がいないせいかリデルに好意的だ。

それが、実家の資料を見た途端、財産目当てかとリデルを見る目が変わるのも怖い。

先ほどの親戚たちへの態度を見るとひやりとする。彼は苛烈な人だ。

たとえ、記憶を失ったとしても根底にあるものは変わらないのかもしれない。しかし、リデルは以前のフリードリヒのこともよく知らないので、判断のしようもなかったけれど。

それからリデルは、包み隠さず自分の婚約を白紙にされた件から、順を追って話すことにした。淡々と感情を交えず簡潔に事実のみを説明する。

「リデル、君はそれほどひどい苦労をしたのか」

被害者ぶって話したつもりはなかったので、リデルの境遇を嘆くフリードリヒにびっくりした。アイスブルーの瞳が潤んでいる。

「いえ、それほどでも」

リデルはあわてて首を振る。

世の中には年老いた高位貴族の妾として売られてしまう娘もいる。彼に嫁いだことで、仕事も与えられて正当な報酬に潤沢な小遣いまでもらえて、リデルは自分を恵まれていると思うようになっていた。使用人たちも気さくで親切で、リデルを支え、大切にしてくれている。

それに、ここから追い出されたとしても、秘書として働けるスキルがあるかもしれないと、リデルはひそかに自負していた。

「それで、今君の実家はどうなっているのだ」

「はい、旦那様に言われたとおり、従兄に手紙を書いたところ急ぎ国に戻ってきたそうです。彼ならばしっかりしているので、おそらく大丈夫かと思います」

「そうか……リデルはその従兄を信頼しているんだな……うらやましい」

「え？　うらやましい、ですか？」

リデルが驚いてフリードリヒを見ると、彼はがっくりと肩をおとしてしょんぼりしている。大きな体をしているのに、フリードリヒは時おり子犬のように見るから不思議だ。

「あの、旦那様？　私は旦那様をとても頼りにしています」

「リデル、それは本心か？」

フリードリヒが不安そうに聞いてくる。これは励ますしかないとリデルは思った。

「もちろんです。旦那様が無事帰還なさったおかげで城の中も活気づきました」

リデルの言葉にフリードリヒの表情がぱっと明るくなる。

「わかった。伯父家族が何か無理難題を言ってくるようなことがあれば、いつでもリデルの力になろう」

フリードリヒはものすごくわかりやすく喜んでくれた。

何とも……頼りになる夫である。記憶はないけれど。

「それで、これから二人で昼食でもどうだ」

「はい」

「二人きりの食事は戻ってきて以来初めてだな」

そう言うフリードリヒは照れくさそうに微笑む。いや、戻ってきて以来ではなく、本当に初めてだ。

彼のその反応にリデルは戸惑った。どう返していいのかわからない。

「えっと……そうですね」

適当に返事を濁した。

「食事がすんだら、一緒に執務室に行こう。質問もあるし」

フリードリヒはとても楽しそうだ。彼は仕事が好きなのかもしれない。

「承知いたしました。それでしたら、執務室で昼食をとったらどうでしょう？　その方が時間を有効に使うことができます」

今まで親戚がいたのは鬱陶しかったが、フリードリヒと二人きりで広い食堂で食事をとるというのも何となく気まずい。リデルは、ちょうどいいと思った。

「そ、そうだね」

しかし、なぜかフリードリヒは、目に見えてがっくりしていた。

それから二人は執務室に行くと、淡々と書類の引継ぎを行った。フリードリヒから質問をして、リデルが答えるという形だ。

午後のお茶の時間も、執務室で仕事をすることになった。フリードリヒは、知識はあるが記憶がないので、新しく覚えなおさなければならないこともあるし、自分が以前作成した書類を把握できているわけでもない。

フリードリヒは、時にハワードに教わりながら仕事を進めた。

逆にリデルは、フリードリヒからの指示書に従って一部の仕事をしていた頃とは違った。そこで、フリードリヒがすべての仕事を把握して慣れるまでの間、リデルは領地の仕事が滞りなく動くよう領主代行を続けフリードリヒを手伝うことになった。

なるほど、これならフリードリヒもすぐに離縁などしないだろう。

しかし、仕事が軌道に乗り、記憶が戻り、リデルがいらなくなったらどうするのだろうとふと考える。

そこで彼女は、途中までやっていた温泉の設備を思い出した。

近くの領民が使用していると聞くが、男性ばかりで、女性の利用率が少ない。やはり、女性客のために、綺麗で安全な施設が必要なのだろう。

久しぶりに現地へ行って様子を見てみようとリデルは思い立つ。視察をして、女性も利用しやすいように考えよう。

ちょうどフリードリヒの仕事が一区切りついたようなので、リデルは声をかける。

「旦那様、明日私は、温泉と工房の様子を見に行きたいのですがよろしいでしょうか。お仕事には支障のないようにします」

「それなら、私もついて行ってもいいか？」

フリードリヒが楽しみを見つけた子どものような笑顔をみせる。

あまりにも彼が嬉しそうなので断れない雰囲気だ。

「もちろんです」

「楽しみだな。リデルが始めた事業」

フリードリヒはうきうきとしている。

「それほど大げさなものではございません。細工の売れ行きは順調ですが、温泉の利用者が思いのほか少なくて」

「温泉の利用者が少ない？　それは意外だな。あれほど素晴らしいものはないのに」

彼が驚いたように言う。表情が豊かで調子がくるってしまう。

「では、また明日」

なんとなく居心地の悪さを覚え、リデルは席を立つ。

「ああ、遅くまでありがとう。助かったよ。またよろしく頼む」

そう言ってフリードリヒは椅子を立ち、リデルのそばまで来て右手を差し出した。

なぜか、彼は仕事終わりにリデルに握手を求めてくる。リデルはそれが不思議でたまらなかった。

◇

翌日、黒パンとスープの簡単な朝食をすませると、フリードリヒと共に馬車で工房へ向かう。

フィーが笑顔で出迎えてくれたが、リデルの後ろに立つフリードリヒを見て驚いたようで、彼が領主だと紹介すると身を固くしてぎこちない挨拶をする。

一方、フリードリヒは細工品に夢中だ。

「これは素晴らしいな」

「お、お褒めにあずかりありがとうございます」

フィーは声を震わせ、がちがちに緊張している。彼女が気の毒なのでリデルは早めに工房を退散することに決めたが、フリードリヒはラピスラズリの飾りを熱心に見ていた。

「美しい飾りだ」

フリードリヒは、ラピスラズリが埋め込まれた銀の小さな髪飾りに興味を示す。

「ええ、フィーの作るものはみな素晴らしくて」

フィーの作品を褒めてもらえて、リデルも嬉しい。

「では、この髪飾りを買おう」

「え？」

リデルとフィーは驚いて顔を見合わせた。するとフリードリヒはフィーにその場で金を払い、嬉しそうに髪飾りを受け取った。

「リデル、君にとても似合う」

そう言いながら、照れ笑いを浮かべ、リデルの髪にそっと触れる。初めてのことでリデルはびっくりした。フリードリヒは優しくリデルの左耳にかかる髪をすくい、髪飾りをつけてくれた。

その様子を見ていたフィーがそっと手鏡を差し出してくれる。

ラピスラズリの髪飾りはリデルのライトブラウンの髪によく映えて、とても素敵だ。

「ありがとうございます。旦那様」

リデルは普段あまり飾りをつけることはなかったが、この髪飾りは花をモチーフにしたものでとてもかわいらしく、大きさも普段使いにちょうどよかった。思いがけないプレゼントにリデルの頬は緩んだ。

「君はフィーといったかな？　この工房を大きくして後進を育てるつもりはあるか？」

「は、はい」

フィーは震えながらも、しっかりと頷いている。フリードリヒが工房を気に入っているようで、リデルはひとまず安心した。

それから二人は川を利用した温泉に向かった。その間馬車の中でフリードリヒは嬉しそうに微笑んで、リデルを見つめている。

「ああ、やはり、君にとてもよく似合う。リデルは本当に美しいからな」

無口から饒舌へ……。極端な彼の変化に、戸惑ったり、思わず引いてしまったりとリデルも忙しかった。

そして温泉地に着くと、フリードリヒは馬車から降り、とリデルの手を取り張り切って言う。

「リデル、ここは男性の利用客ばかりなのだろう。ならば私が先に様子を見に行こう」

「え？」

リデルが反応した時にはすでに、彼は施設のドアを開けて、中に入っていた。

直後に「ひっ！」だの「うわっ」だの「領主様！」という野太い男性たちの叫び声が響き、フリードリヒは早々に引き揚げてきた。

「どうやら、私は皆がくつろいでいるところを邪魔してしまったようだ」

がっくりとうなだれたフリードリヒがリデルの元に戻ってきた。

「旦那様、今日は帰りましょうか」

領主であるフリードリヒと一緒だと、普段の様子は見られそうもないと分かった。リデルは視察できない残念さよりも、落ち込むフリードリヒが気の毒になり、慰めるように微笑みかける。

帰りの馬車でフリードリヒは幾分落ち込んでいた。

「まいったな。私は領民に随分と怖がられているのだね」

「普通はそのようなものだと思いますよ」

領主がなめられる方が、かえって困ってしまう。

「だが、君は皆から慕われているようだ。『奥様は』と聞かれた」

「ふふふ、そんなことはありませんよ。それで、旦那様、あの温泉を見てどう思われました？」

「うん、リデルの言った通り、見事に男性客ばかりだね」

「そうなんです。利用する者は増えたのですが、施設が貧弱なせいか女性が安心して入れないんです」

「なるほど、それで君は設備投資をしたいんだね」

フリードリヒが頷いた。

「はい、ぜひ、やらせてくださいませんか？」

女性にこそ温泉の良さを堪能してほしいと思う。夫の記憶が戻り離縁されても、この温泉で働かせてもらえないだろうかとちらりと考えるほど、温泉はリデルのお気に入りだ。

「もちろん、いいよ。ただ、今までのようにリデルの私財を使うことはやめてくれないか。君の小遣いは小遣いとして、きちんと使ってほしいんだ。それにリデルには息抜きも必要だ」

「はい、承知いたしました」

　こんなふうに承諾をもらえたが、記憶が戻ったら彼は何というのだろうか。いちおう一筆を入れてもらおう、血判はなしでとリデルは心にメモをする。

「それから、私はもう従軍はしないと思う」

「え？」

　フリードリヒから意外なことを言われ、リデルは目を瞬いた。彼はこの国の軍神とまで言われている生粋の軍人だ。

「記憶を失ってからの私は戦場では役には立たないようだ。剣の腕はあっても、以前のように戦場で冷静な判断は下せないだろうと言われた」

「そんなことはないと思いますが……。ですが、旦那様が領地にいてくださるのはありがたいことです」

　本音だった。リデル一人ではとてもこなせない。それに使用人たちも心強いだろう。

　事実フリードリヒが戻ってきて、城は活気づいた。

「そう、ならよかった。私はこれから先、この領を富ませたいと思っているんだ」

フリードリヒがにっこりと笑う。

彼のこめかみのあたりにあるうっすらとした傷がほんの少し引きつれる。

記憶を失ってどんなに性格や好みが変わろうと、彼はフリードリヒ本人なのだ。別人なんかではない。きっと彼は誰よりも領地のことを考えている。

「リデル、私は記憶をなくしてから、いろいろな人の世話になった。これから先、君には苦労をかけると思うが、必ず報いるからずっと一緒にいてほしい」

今のところリデルは、彼の記憶が戻っても、気が変わらないことを祈るほかない。

だが、リデルにはフリードリヒが夫という実感は全くなく、冷たい雇い主から優しい雇い主に変わったような感じがしているだけだった。

◇

翌朝、来客があった。

ドロシーに身繕いを手伝ってもらいサロンへ行くと、客はトニーでフリードリヒが出迎えているという。

それを聞いたとたん、リデルは緊張感に包まれた。彼は約束通り遺言書を持ってきたのだ。もしかしたら、これをきっかけに離縁になるかもしれないとリデルは覚悟を決める。

どきどきしながら二人がいる食堂に入ると、リデルは彼らに温かい笑顔で迎えられた。場は和やかな雰囲気だったので、遺言書の内容はそう悪い内容ではなかったのかもしれない。

トニーに挨拶して礼を伝えてから、リデルは椅子に腰かけ本題に入った。

「それで、遺言書にはなんと書いてあったのですか？」

緊張しながら切り出す。

「ああ、まだ開いていないよ。リデルと一緒に見ようと思ってね」

フリードリヒの答えにリデルは拍子抜けした。

「え？」

「私は、君と信頼関係を築いていきたいと思っているんだ。だから開封するときは一緒に」

照れながらフリードリヒが言う。

「はい……ありがとうございます」

彼に尊重されているのだ。リデルの口元は自然と緩む。

「フリードリヒもずいぶん変わったな」

にこにこと笑いながら、トニーが言うのを聞いてフリードリヒが首を傾げる。

「私が変わった？　どう変わったんだ」

「以前は合理性を重んじていたが、人の気持ちを優先するようになった。まあ、それも奥方に対してだけかもしれないが」

トニーの言葉を聞いて、フリードリヒは慌てたようにリデルを見る。

「リデル、その、以前の私は、冷たかったか？」

そう問われてもリデルは困ってしまう。彼は普通に怖かったから。

「私は以前の旦那様とほとんど話したことがなかったので。でも結婚した時、侯爵家に私の居場所をきちんと準備してくださっていました。それがとても嬉しかったです」

リデルは正直に自分の気持ちを伝えると、フリードリヒは少し複雑そうな表情を浮かべた。

それから、三人は和やかな空気の中で朝食をとった。

ひき肉の包み揚げはあつあつで、野菜をじっくり煮込んだスープは優しい味。

トニーもフリードリヒも料理に舌鼓を打ち、よく食べ、よく話した。

久しぶりの賑やかな食事にリデルの心は休まる。できればトニーには、ずっと滞在してほしいくらいだ。

リデルが再びトニーを引き留めると、温泉が気に入ったのか泊まっていってくれることになった。

どうもフリードリヒと二人だと、落ち着かないのだ。トニーはフリードリヒの扱いに慣れていて二人は気安い調子で話しているので、ほっとする。

ほどなくしてトニーは旅の疲れを癒やしに湯殿へ行き、二人は執務室に移動して遺言書を開封することにした。

リデルとフリードリヒは机越しに向かい合ってすわる。リデルは彼が封を切るのを、どきどきしながら見守った。

テーブルに広げられた書類の内容は婚姻の時に交わした契約書と変わらないが、フリードリヒがこの遺言書を公証人役場に預ける直前に書いた追加事項があった。

まず跡取りの指名だ。

「私は他国にいる親族の子どもを後継にしようとしていたようだね」

「他国にもご親族がいるのですか？」

「この執務室にも書類があり、確認している。それによると私の家は子だくさんのようだ。ああ、それから、リデル、ここを見てくれ。君に後継者の育成を頼んでいる」

「まあ、本当に……」

リデルはその事実に驚愕した。記憶をなくす前のフリードリヒは、なぜかリデルを信頼してくれていたようだ。

「それから、財産分与について書かれている。私は君に別邸と財産の三分の一と領内の土地を幾ばくか用意している」

「ええ！」

リデルは驚いた。侯爵家の資産はだいたい把握している。三分の一ももらえたら一生食べるのに困らない金額だろう。そのうえ土地と家付きだ。

「どうして、旦那様は私にこんなに良くしてくださっているのでしょう？」

リデルは破格の条件に驚いた。

「この遺言書が離縁をしないつもりだったという証明には弱いかもしれない。だが、リデルを侯爵家にとどまらせたいと思っていたことは間違いないし、少なくとも追加事項の手続きをするまで、私は君と離縁するつもりはなかったことは証明できたわけだ」

フリードリヒが真剣な眼差しをリデルに向ける。

「はい、おっしゃる通りかと思います」

「それに私はリデルをかなり気に入っていたのだろう。君からの送られてきた手紙は戦場であるにもかかわらず大切に保管されていた。それから、リデルが送ってくれた押し花も、刺しゅうが入ったハンカチも」

「え？」

記憶がなくなる前のフリードリヒがどういう人だったのか、いよいよ分からなくなってしまった。彼はリデルとの間に一定の距離を保ち、彼女を遠ざけていたと思っていた。しかし、フリードリヒは自分の死後もリデルを気にかけてくれていたのだ。

（感情がないのではなく、外からは分かりづらかっただけで、冷淡な人ではなかったのね……）

リデルの胸がじんと熱くなる。

「リデル、ここを読んでくれ。親戚たちは相続人から除外している。つまり縁を切ろうとしていたのだ。ハンナの名もある。やはり君と離縁してあの女と結婚するわけがない。私が安否不明なのを聞きつけて押しかけてきたのではないか？　ここは王都との交通が不便で何かと情報が遅れがちだ。まったくなんて奴らだ」

フリードリヒがぶつくさと文句を言うのを聞いて、リデルはほっとした。

「ならば、旦那様がここにいる以上彼らが来ることはありませんね」

「そうだな。このことがはっきりとしたら、たとえ私がいなくても、もう二度とこの地は踏めないようにしてやる」

アイスブルーの瞳が冷たく光る。やはり、フリードリヒはフリードリヒなのだ。この冷たい瞳にこめかみの傷をみるとどうにもリデルは落ち着かなかった。

フリードリヒは記憶がないにもかかわらず早々に城の使用人たちを掌握しつつある。統率力があり、もともと領主の器なのだろう。性格は人懐っこくなり、フリードリヒとの付き合いの浅いリデルからすれば真逆に変わったように見えるが、彼が優秀であることには変わりがないようだ。

(軍人としてもやはり秀でているのでは……?)

彼が使いものにならなくなったとは、にわかに信じがたかった。

「おそらく文書を偽造したのだろう。代筆屋を探し出す。私に離縁の意志がなかったと君が納得するように証拠固めをするつもりだ」

そこまでもしなくても、という言葉を呑み込む。とりあえずハンナの右腕をその場で切り落とすのは思いとどまってくれたわけだし。

「……なるほど」

この雇用結婚は続くようだ。

「しかし、私が記憶を取り戻すことが最善なのは間違いないのだが、君に証明したくても、記憶をなくす前の手がかりも少ない」

「ハワードやアンドレア様たちにお話を聞いたのではないのですか？」

「ああ、聞くには聞いたが、軍では大方の者が私は無口だったと言っている。トニーにさえ、この件を詳しく話してはいなかったようだ」

肩を落とすフリードリヒを前にして、リデルは何かフォローしなくてはという思いに駆られる。

「約束は必ずお守りになる方です」

「それから？」

「……」

よく知らないので、言葉に詰まってしまう。

「トニーには記憶がなくなる前と後ではまるで人格が違うと言われた」

それにはリデルも頷ける。

「確かに、旦那様から受ける印象は、今の方がずっと柔らかい感じがします」

以前は普通に怖かった。

「思うに前の私の行動は矛盾していた」

「そうですか？」

それほど彼を知らないので、相談相手が自分でいいのかと思う。ハワードやトニーの方がよほど彼を詳しく知っているはずだ。

「君に対しても冷たい夫だったことは、婚姻の流れや契約内容からも明らかだ。だが、君から届いた手紙を大切に保管していたり、刺しゅう入りのハンカチや押し花をお守りのように身に着けていたりと、やっていることがちぐはぐなんだ」

「え？　身に着けていたのですか！」

リデルはこぼれんばかりに目を見開いた。

以前のフリードリヒは間違ってもそのようなロマンチストな人ではなかったと……思う。いや、きっと自領に対する思い入れが深くて花自体を大切にしていたのだろうとリデルは思いなおす。

フリードリヒは真剣な顔で頷き、重々しく口を開いた。

「私は、自分自身の過去を知らなくてはいけないんだ。この事態の収拾をつけるためにも、何より君との結婚を続けるためにも。そうすればリデルだって安心できるだろう？」

今のフリードリヒを知るほど、本来の彼には感情があったのだと思うようになった。それも豊かな感情が。いったいどうして、それを奥底に沈めなければならないようなことになったのだろう。

◇

「とりあえず執務室を調べても何も見つからなかったが、私は王都に留まることはなく行軍をしていないときは常に領地にいたらしい。だから、手がかりがあるとすれば、この城にあると見込んでいるのだが。君はこの城に住んでいて何か気付くことはあったか？」

「私は一階と二階の執務室と、書庫と自分の部屋くらいにしか行きませんでしたから」

驚いたようにフリードリヒが言う。

「それはまたどうして」

「私は旦那様がお帰りになれば、別邸に戻る身でしたので、関係のない場所に立ち入らないようにしていました」

「リデル、肩身の狭い思いをさせて本当に申し訳ない」

彼がしょんぼりと頭を下げる。垂れた耳としっぽが見えた気がしたのは、きっと気のせいだろう。リデルは思わず目をこする。

フリードリヒは体がとても大きいのに、迷子になって途方に暮れる子犬のようだ。

「いえ、そんな意味で言ったわけではありません。実際仕事が忙しかったですし、そんな暇ありませんでしたから。それに使用人たちもとても親切でした」

リデルはこの城でそれなりに充実した日々を送っていた。

「君は私が冷たい仕打ちをしたのに、誠実に仕事をこなしてくれていたそうだね」

「そんなことはありません。どちらかというと楽しく過ごしていました。食事はとてもおいしいですし、使用人たちも気の良い人ばかりで、過ごしやすかったです。それに地下の温泉も最高でした。お留守の間は工房を作ったり、温泉を整備してみたりといろいろと楽しくて」

ハワードと話し合ったり、ドロシーに意見を聞いたりと本当に毎日が楽しかった。職場としても生活の場としてもここは最高だ。よいところを挙げたらきりがない。自然とリデルの頬は緩む。

「リデルがここを好きでいてくれたことが嬉しい。手紙にも書いていてくれたね。君は今手掛けている施設をもっと大きくしたいのだろう？　だったら、二人で頑張ろう。だが、君が一人でやりたいというのなら、私は資金だけでも援助させてもらうよ」

今のフリードリヒは、あくまでもリデルの思いを尊重してくれていた。

「ありがとうございます」

リデルの言葉に、フリードリヒが照れ笑いを浮かべる。

しかし、こんなふうに親切な申し出を受けるとどうしてもリデルは考えてしまう。

「旦那様は、今記憶がなくて心細いですか？」

「それはもちろん多少は心細いが、リデルもいてくれるし、邸の使用人たちは働き者だし、トニーも頼りになるから大丈夫だ」

もし記憶が戻って以前のようにリデルを拒絶し始めたら、不便……というより、リデルは自分が傷ついてしまいそうな予感がしはじめている。すでに今の感情豊かなフリードリヒに慣れてきているので、リデルは心細さを感じた。

「……しばらくは時間に任せてのんびり過ごされてはどうでしょう？」

これはリデルの身勝手な思いなのだろう。

フリードリヒにしてみれば、記憶がないことは不安なわけで、妻としては彼が記憶を取り戻すために協力すべきだろうから。

「リデルは、前の私より今の私の方がよいか？」

そう言われても困ってしまう。

「……私は前の旦那様をよく知りません。あまりお話したことがなかったので、だから答えようがありません」

リデルは今の明るくて優しいフリードリヒが好きだ。だが、そう言ってしまえば以前の自分はリデルを傷つけていたのではないかと、フリードリヒは気に病んでしまうに決まっている。

上手い慰めの言葉が浮かばなくて、リデルは口を噤むしかなかった。

「そうか」

彼はそれ以上そのことに触れることなく、頷いただけだった。

リデルにはフリードリヒが過去を思い出すのを止める権利はない。しかし、以前の彼は常に緊張感を漂わせていて、隙を見せなかった。今思えば、彼なりに息苦しさを感じていたのかもしれない。なぜなら今の彼は感情豊かで素直な人だから。

もしも、つらい過去や秘密を抱えていたのならば、思い出さない方が彼のためかも……とさえ、リデルは考えてしまう。今のフリードリヒは気さくで、リデルにとっても親しみやすい人だから。

(私は自分のために、旦那様に思い出してほしくないの?)

リデルの気持ちは揺れ動いていた。

「私は、君に対して非常に失礼な契約を結んでいる」

フリードリヒがぽつりと言う。

「いえ、私は雇用結婚と割り切っていたので気にしていません。それに手当はたくさんいただいていますから」

リデルがそう言い切ると、彼は少しショックを受けた顔をする。

「そういう問題ではないだろう？　そもそも妻として夫が自分の親戚から養子をもらうというのはどうなのだ？　随分と馬鹿にした話ではないか。そういう場合社交界で悪く言われるのはたいてい女性である君ではないか」

「いえ、そのことに関しては旦那様が、その……戦争による傷で……子が出来なくなったと」

リデルは言いづらくて口ごもる。

「ええっ！　そうなのか！」

フリードリヒが大きく目を見開いて、ガタリと席を立つ。体が大きいのでちょっと怖い。

「い、いえ、本当のところは存じ上げません。自分に責任があることにして私のことは守ってくださるとおっしゃっていました」

リデルは何とか彼を落ち着かせようと思ったが、内容が内容なだけに顔に熱が集まって、うまく話すことができない。そんなリデルを見て、フリードリヒはわなわなと震えている。

「なんて、ことだ。医者から詳しい話を聞いた方がよさそうだな。そうだ。ちょっとトニーと話してくる。彼は寄宿舎時代からずっと私と一緒にいたそうだから、知っているかもしれない」

「旦那様、アンドレア様は今湯殿にいらっしゃいますよ。お出になってからになさったらいかがですか」

またもフリードリヒが突っ走ろうとしている。

「ちょうどいい、私も湯につかってくる。悪いが君は書類を片付けてくれないか」

そう言い残すと青い顔をして部屋から転げるようにして出ていった。余計なことを言ってしまっただろうかとリデルはどぎまぎする。

ティータイムの時間になるころに、フリードリヒはすっきりした顔でトニーを伴ってサロンに入ってきた。

「リデル、大丈夫だ。私には何の問題もないようだ。医者にも確認してきた」

上機嫌だ。

「それは……」

よかったですねとでも答えればよいのだろうか……？　結局何と答えてよいのかわからなくて、リデルは顔を赤くした。

「おい。フリード」

小声でトニーに言われて、フリードリヒは、彼女の様子に気づいて慌てた。

「すまない。女性にこのような話を失礼した。つい、嬉しくて。ああ、それからトニーは明日も泊まっていってくれるそうだ」

焦ったようにフリードリヒが早口で言う。

その隣で、トニーが何食わぬ顔でサックリとしたクッキーを食べ、屈託なく笑う。

「ここのクッキーも温泉も最高ですね。奥様、また一晩お世話になりますね」

などと言いながら。それだけで場の空気が和んで助かる。

リデルは微笑みながらトニーに歓迎の気持ちを伝えると、フリードリヒに本日の予定を告げた。

「旦那様、私はこれから、川の温泉の様子を見に行きたいのですが、よろしいでしょうか？」

「それならば、私も」

フリードリヒが早速ついてこようとする。

「旦那様、すみませんが、今日は女性から見てどのような温泉が使いやすいかを検討したいので、ドロシーを連れていきます」

リデルは利用者の生の声を聴きたいのだ。フリードリヒがいると皆が緊張してしまい、率直な意見が聞けないのだ。

「うん、そうだね。わかった」

目に見えてしょんぼりした様子で、フリードリヒは頷く。そんなフリードリヒの様子にトニーが面白いものを見たというように微笑んだ。

リデルには温泉施設について計画があった。女性が使いやすくなるよう改良することだ。そのためには安全性が一番で、次に清潔であることが大切である。

できれば寒い冬こそ利用してほしいのだが、それには建物の増築も必要で大掛かりになる。そのことについては、いずれフリードリヒに相談することになるだろう。

資金を出してくれると言ってくれていたが、記憶が戻ったら考えも変わってしまうことだってある。

（でも領地を豊かにしようとしていた旦那様ならば、理解してくれるかも……）

リデルにとっては、なかなか悩ましいところだ。

それからもうひとつ、王都からノースウェラー領の領都まで来るのに、二日も野営しなくてはならない。かなり不便な状況だ。道もほとんど整備されていないので、大きな街道が走っているにもかかわらず流通が悪かった。

ノースウェラー領が栄えるためにするべきことはたくさんある。

リデルは、夫が留守で領主代行をしていた間に、いつの間にかこの領地そのものにとても愛着を抱くようになっていた。

リデルが、帰途に就いたのは夕暮れ近くだった。

「リデル、おかえり！」

フリードリヒが玄関ホールまで迎えにきていた。リデルの帰りを待ちわびていたようだ。

まるで尻尾(しっぽ)を振る大型犬のような姿に、リデルの頬は緩んでしまう。自分よりずっと体が大きいのにかわいらしい人だ。

「疲れたろう。晩餐の前に午後のお茶にしないか」

リデルはそのままサロンまでエスコートされた。あのぎこちないエスコートが嘘のような、まるで本当の夫婦か恋人同士のような距離感だった。サロンには、トニーの姿もあり少しほっとする。

フリードリヒと二人きりでいることに未だ慣れない。でもそれは、かつてフリードリヒと過ごした時のいたたまれなさとはだいぶ違うので、戸惑いを覚えてしまう。

以前のように緊張感を強いられることもなく、怖くもない。だからこそ急に近くなった彼との距離を、測りかねてしまうのだ。

三人は一緒にお茶を飲んだあと、晩餐をとることになった。食卓には、たっぷりのヨーグルトと塩漬けの魚を使ったカナッペ、野菜のオーブン焼きや、白いんげんにキノコのソテー、塩コショウと香草で焼いたラム肉に、ミルクとチーズがたっぷりと入ったスープ。それに野菜と肉を包んで揚げたパンが出された。フリードリヒもトニーもよく食べ、よくしゃべり賑やかだ。トニーはこの地方で飲まれているはちみつ酒がことのほか気に入ったようだ。彼らがチーズをつまみに酒を飲み始めたので、リデルは先に寝室に引き揚げた。

翌朝トニーが王都へ去っていった。今度は、ハンナが用意した離縁状とフリードリヒが用意した役所宛の手紙を携えて。陽気で気のいいトニーがいなくなり、少し寂しくなる。

「ああいう輩(やから)には、これくらいしないとダメなんだ」とフリードリヒは言う。

必ずや代筆屋を探し出し、親族らを訴えるのだとフリードリヒとトニーは息巻いていた。

そして迎えた午前のお茶の時間。今日は執務室ではなく、二人でサロンへ行った。

今までは執務室で適当に済ませていたが、引き継ぎも落ち着いてきたので初めて夫婦でゆっくりとお茶をすることになった。フリードリヒは始終機嫌がよさそうで、思っていたほどぎこちない雰囲気にならなくてリデルは胸をなでおろす。

これから長い時をフリードリヒと二人で過ごすことになるだろう。なるべく気まずい雰囲気にはなりたくなかった。

◇

一週間が過ぎ、二週間が過ぎ、穏やかな日々が続いた。リデルもこの夫にすっかり慣れた頃、王都から知らせがあった。

サロンでリデルが二人分のお茶の準備をしていると、フリードリヒが息せき切って入ってきた。

「リデル、私の筆跡をまねてニセの離縁状を書いた代筆屋がつかまったぞ！」

「え？」

リデルはフリードリヒが訴えると言っていたことを思い出した。トニーが手配してくれたのだろう。

「金に困った官吏がやっていたらしい。こういうことはきちんとしないと私に何かあったときに困るのはリデルだからな。もう何があっても、親族だろうがやつらをこの領地に立ち入ることはさせない。罪が明らかになったからには、貴族籍から抜けることになるだろうな」

貴族から一気に平民になってしまうということは、今まで持っていた特権をすべて失うということで大変なことに違いない。とりわけ彼らにとっては……。

「あの、旦那様はそれでよいのでしょうか。ご親族なのに」

リデルが口を挟むことではないと思うが気になってしまう。

「もともと遠縁であるし、跡継ぎのいない状態で私に何かあれば、また彼らのせいでリデルが苦労するではないか」

フリードリヒがきっぱりと言う。

「それならば、早くに養子をもらわなければなりませんね」

跡継ぎの心配もなくなるし、おかしな親戚が押しかけてくることもないだろう。

「いや、そのことなのだが、リデル、もう少し待ってはくれないか?」

フリードリヒが切実な表情で訴えてくる。

「え？」

「私はリデルとの時間が欲しいと思っている。お互いに分かり合うための時間が欲しい」

そう言われてみれば、確かにそうだ。今の彼はきちんとリデルと会話をしてくれる。養子の教育方針も二人で話し合えるようになるかもしれない。

「わかりました」

彼がこのまま変わらないといいとリデルは願ってはいけない思いに悩まされる。

リデルは、時には危なっかしいフリードリヒから、いつの間にか目が離せなくなっていた。

「それで、リデルは王都からここまで来るのに宿がなくて不便だと言っていただろう」

話題が変わって、リデルは少しほっとする。

フリードリヒの言うとおり、ここの領地は広いのに街道沿いに宿屋がない。夜通し馬を走らせるというのならば話は別だが、屈強な軍人でもない限り普通の人にそんな体力も度胸もない。

「とても不便だと思います。女性が旅をするには危険ですし、街道に宿がないので領都に旅人が来ることもほとんどありません。細工師のフィーもここまで来るのに苦労したようです。このままでは領都に店が増えたとしても人は来ないでしょう」

小さな領地ならば領主館が宿代わりになることもあるが、これだけの規模の領地で宿屋がほとんどないというのは異例だ。それもこれも戦争のせいなのだが……。

「リデルの言うとおりだ。それに王都の情報が遅れがちだ。だから、君が言うように宿屋があったほうがいいと私も思う。それで王都へ向かう街道で宿屋を試験的に経営してみるのはどうだろう？　もちろん街道の補修工事と一緒に進めるつもりだ」

それはまさにリデルも考えていたことだった。

「ぜひ！　そうすれば、人を集めやすくなると思います」

ほんフィーはたまたま運よく来てくれただけだった。その後、人は集まっていない。

鉱山資源は豊富にあるのだが、人材不足で採掘すらままならないうえに、王都までの流通も不便ときている。

温泉の件もそうだ。掘削や整備の技術はあるのに圧倒的に人手が不足していた。逆に人材さえ確保できれば、ノースウェラー領が発展する可能性は限りなく広がっていくとリデルは信じている。

「そうだな。今は領都にしか卸していないものも、街道を整備し王都の行き来が楽になれば、もっと販路も広げられるし利益も増えるだろう」

考え深げにフリードリヒが言う。

「ええ、私も王都の様子を知りたいですし。ここにいては今何が流行っているかもわかりませんから」

「それならば、近いうちに一緒に王都へ行こうか？」

なぜかフリードリヒが目を輝かせて聞いてくる。

「まさか、今はまだそこまでは。旦那様の記憶も戻っていませんから。旅に使うくらいなら、予算にしませんか？」

今のフリードリヒに慣れてきたとはいえ、記憶がなくなる前後で、性格がまるで違う。もし旅の途中で元に戻られてもリデルとしては困るのだ。

フリードリヒは残念そうにため息をついた後、気持ちを切りかえるように再び口を開く。

「わかった。リデルと王都に行くのは来年の社交シーズンにしよう。それから、予算は問題ない。先の報奨金がたくさん出たから、新しい事業にはそれを充てる」

「まあ、そうだったんですね」

思い描いていたことがこんなに早く実現するとは思わなかった。これから忙しくなるだろうが、その分楽しみだ。

「私はもう戦争に駆り出されることもないし、外交も第二王子から温厚な第三王子に引き継がれたので、戦争が起きる確率も低い。これからはリデルと共にこの領地を豊かにしていきたい」

そんな決意に瞳を輝かせるフリードリヒを見て、リデルは眩(まぶ)しく感じた。

ほどなくして、宿屋の候補地を探していたフリードリヒが、街道沿いに宿屋に適した建物を見つけてきた。リデルはその報告を聞いて喜んだ。

現在、フリードリヒが街道の整備を進め宿屋の候補地を探しに外に出かける一方で、リデルは城の執務をこなしていた。

ある昼下がり、リデルはフリードリヒに誘われて書庫に足を踏み入れた。ここにはたくさんの本とともに、ウェラー家の歴史が詰まっている。書物がぎっしりと入った書架がいくつも並んでいた。

「リデル、ここで見つけた資料なのだが、昔この領の街道沿いに宿屋が二軒ほどあったらしい」

彼は勉強熱心で、仕事が終わると書庫にこもることが多くなった。忘れてしまったことを必死に知識で補おうとしているのだろう。

「まあ、そうだったんですか」

彼が書庫に設(しつら)えてある机に広げた資料をリデルはのぞく。

「おそらく今より領地自体が栄えていたころもあったのだろう。長引く戦争ですっかり廃れてしまったが。私はこれからその元宿屋だった建物を見に行って、可能であれば買い取ることを考えている」

フリードリヒはやる気に満ちていた。

「それでは、私も何かお手伝いしましょう」

「リデル、君はやめておいた方がいい。君はここに来る途中馬車酔いに苦しめられたと聞いている」

使用人たちから聞いたようだ。彼は心配そうな表情を浮かべている。

「ええ、確かに……」

あれはつらかった。街道は寂れ、ガタガタなのだ。

しゃべると舌を噛(か)みそうなほど揺れる。リデルが、途中で具合が悪くなれば皆に気を使わせ、迷惑をかけてしまう。今回はあきらめた。

「宿を作って、街道も整備しなくてはならない」

張り切っているフリードリヒを見ると、リデルも嬉しくなる。

「これから忙しくなりますね」

フリードリヒが笑顔で頷いた。

「そうだね。リデルも安心して行けるように、まずは街道の整備を急ごう。人を集めなくては。来年の夏には宿屋を開業できるように今のうちに出来る限り進めている。それから内装は一緒に相談して決めよう。女性客も利用しやすいようにね」

リデルはフリードリヒのその言葉を嬉しく思った。

彼はその後、力仕事の出来る領兵も引き連れ精力的に土木工事に回り、その間リデルが城での執務を引き受けた。

今日は五日ぶりに夫が城に帰ってきた。

最近では街道の整備や宿屋の改築のためフリードリヒは外出が多い。久しぶりに二人は晩餐を共にした。

いつの間にか一緒にいることに慣れて、彼がいないことにリデルは物足りない気がしていた。

「リデル、今回は遠くの銀山も周ってきたんだ」

度重なる隣国との戦争で銀山の採掘計画はとん挫していたのだ。今は領都近郊のものしか採掘されていない。

「それでは掘削なさるおつもりですか?」

フリードリヒは頷いた。

「埋蔵量は十分だ。リデル、うちにある銀器はここの領地で採取された銀で作られているんだよ」

リデルの前にある銀の皿には、黒パンが置かれている。

「自領で銀器を作れるなんて、すごいですね。王都に卸すことができれば大きな利益になるでしょう」

「ああ、その頃の資料が残っていて、裏付けも今回取れた。だから再びこの地で銀器の生産をしようと思う」

フリードリヒが生き生きと語る。軍神と呼ばれた彼は、ここ数年戦争の片手間に領地経営をしていたようなものだ。だが、これからは本腰を入れることができる。

リデルはそんな彼の領地開発計画を微笑ましく聞いた。

ずっとこのまま穏やかな時間が流れればいいのにと、リデルはそう望むようになっていた。

◇

二人で忙しくしている間に季節はあっという間に過ぎ去り、長い冬が始まった。

幸い今年は薪が不足することもなく、戦争の報奨金があったので予算は去年に比べてずっと潤沢だった。それほど冬支度に苦労することもなく済んだ。

フリードリヒの指示書があったとはいえ、去年は一人でやった仕事を今は分けている。ときどき記憶のないフリードリヒの質問に答えるだけで、あとはハワードがフォローしているようだ。別段リデルの負担になるようなこともなかった。

それどころか午後は茶を飲みながらドロシーを話し相手に刺しゅうをする余裕までできた。

リデルは別邸に行くこともなく、暖かな城でのんびりと冬を過ごしている。そして、去年に引き続き、城の大きな湯殿を堪能した。

この城には使用人たち用の湯殿はまた別にある。女性使用人が城に増えるにしたがって、リデルとドロシーでいろいろと施設を改善し整えたのだ。おかげで女性たちにも好評だ。

それから、リデルが目を付けた川の温泉には、冬になる前に一泊できる小さな宿を作ることが出来た。着替えも温泉も男女で分けたので女性の利用客が増え、冬場にも領民が来るようになり、評判も上々である。

それもこれもフリードリヒが気前よく出資してくれたおかげだ。リデル一人だったら、もっと時間がかかっていただろうし、どこかで壁にぶち当たっていた。

これで街道の整備が進み宿屋が完成すれば、観光客も見込めるとリデルとフリードリヒは考えている。温泉目当てで、王都から保養に来る人々が増えるかもしれない。

ノースウェラー領はとてつもない可能性を秘めていたのだ。

フリードリヒは過去の記憶を失っているのに、不思議と領地経営に支障をきたすことはなく、万事滞りなく進んだ。むしろ、彼は頼りになる。

もともと領地経営に向いている人なのだろう。

体つきを見ると標準よりずっと大きく、手もごつごつしていて、やはり戦士なのだと思うが、記憶を失ってからの感情豊かな彼を見ていると結婚した頃の彼を忘れそうになる。

あれほど怖くて近づきがたい人だったのに、今では時折二人は遊戯室でゲームに興じ、領地の将来について語り合っていた。

彼はよく笑うし、人の話も聞いてくれる。リデルを拒絶することもない。親切で人懐こくて、時おり照れたり、赤くなったりとかわいらしい一面を見せる。

リデルは記憶を失ったフリードリヒの方が、本来のあるべき彼の姿だと思いたかった。だがそうすると、何があって彼はあのように氷のように冷たい人になってしまったのだろうか。

（本当の彼は……どっちなの？）

リデルは、思いを巡らせる。

彼にしてみれば記憶がないことは心細く不安なのだろう。それでも今は――リデルは問題を棚上げにして、いつかは終わるかもしれないこの生活を楽しむことにした。

◇

庭にフクジュソウが花開くころ、じょじょに気温が上がり始め、やがて雪解けが始まった。長い冬が終わりを告げるかと思うと、気分が浮き立ってくる。

リデルはサロンの窓の外に広がる高く青い空に目を向けた。

「リデル、お茶の時間にしないか？」

今日のフリードリヒはいつもと違い、なにやら思いつめたような表情をしている。

（どうかしたのだろうか？　なにか、過去の記憶でも思い出したのだろうか？）

あらたまった雰囲気のフリードリヒに、リデルの心臓はどくどくと嫌な音を立てた。前の彼に戻ってしまうのが怖い。いまの穏やかで温かな生活を失いたくないとリデルは思ってしまう。

メイドがお茶の準備をして下がると、いくぶん緊張した面持ちで彼が口を開いた。

「リデル。私は、リデルに手伝ってほしいことがあってね」

「え？　私に……ですか？」

フリードリヒからの申し出に、リデルは目を瞬いた。

「一緒に私の過去を探してほしい」

真摯な瞳で訴えてくる。

「しかし、それはとてもプライベートな問題ではないでしょうか。私が踏み込んでもかまわないのですか？」

戸惑うリデルに、フリードリヒが驚いたように目を見張る。

「何を言っているんだ。私たちは夫婦ではないか？」

今の彼はそういう考えなのかもしれない。だが、以前の彼は違った。

「私は、以前の旦那様とはほとんど交流がありませんでしたが、あの頃の旦那様ならば、きっと嫌がるはずです。だから、それはやめておいた方がいいと思います」

リデルはきっぱりと言った。記憶のない彼はきっと弱っているのだろう。リデルはそこに付け込みたくないと思った。

「リデル、以前も今も私は私だよ。そんなに前の私は怖かったかい?」

いろいろな噂もあったうえ、端正ではあるが冷たい容貌をしていたので怖かった。何よりあの頃の彼は纏う空気が常にピンと張り詰めていた。

「はい、少しばかり」

リデルは控えめに伝える。

「じゃあ、私が君に協力を仰いだと一筆入れておこう」

「いいえ、そこまでしていただく必要はございません」

「そう、なら手伝ってくれるか?」

真剣さの中にどこかすがるような響きがある。フリードリヒから、頼りにされているのだ。

「……私で、良ければ」

ふと垣間(かいま)見える不安そうな彼の顔をみると、リデルは手を差し伸べずにはいられなくなる。

「それで、今いる中で一番古い使用人に聞いたのだが、私は子どもの頃は城ではなく、城内のはずれに建っている塔にいたそうだ」

城壁に囲まれていたこの城はもともと要塞のようなものだったので、物見やぐらのような高い塔がある。

「今は閉鎖されているのですよね？」

そういえば、ここに来た頃夜にあの塔で明かりがつくのを見かけて震えあがった記憶がある。

（あれは夢じゃなかったのだろうか？）

「私が領主になってから閉鎖したそうだ」

「その古い使用人は旦那様の過去をご存じないのですか？」

そこまで知っているのならば、彼に聞いた方が早い気がする。

「あいにくと彼は下働きの使用人なので詳しい事情は知らないそうだ。私は十八歳で家督を継ぎ両親は他界しているうえ、昔の使用人たちには暇を出して、新たにハワードやそのほかの上級使用人たちを雇ったらしい」

彼は過去に使用人を一掃していたのだ。

「お話を聞く限りでは、無理に思い出さない方がよいのではないでしょうか？」

リデルはいやな予感がした。話を聞く限り、彼は己の過去を忌避していたのではないかと思える。

「だが私は、なぜ自分が君にこれほどひどい婚姻の契約を結ばせたのかを知りたいのだ。リデルには何の落ち度もない。私は、己の過去を知ったうえできちんと君に謝罪したいと思っている」

リデルを見るフリードリヒの瞳は、どこまでもまっすぐだ。

だが、リデルにとって謝罪など正直どうでもよかった。ここの使用人たちは親切だし、リデルとしてはなんの不利益も被っていない。あのまま実家にいたら、別の場所に売られていただろう。フリードリヒには感謝している。たとえその婚姻の形がいびつであったとしても、今の彼女が幸せを感じていることには変わりはないのだから。

「塔を封鎖したということは、ご自分で過去を封印したということではないのでしょうか。今、旦那様が過去の記憶をなくしているということは、それだけ過去がつらかったのではないですか？」

「そうかもしれない」

フリードリヒがうつむく。

「私は今のようにいろいろと話し合える旦那様がいいです。また前のような関係に戻ってしまったら、寂しく思います」

リデルは正直に自分の思いをぶつけた。

「少なくともリデルは今の私を受け入れてくれているんだね。そう言ってもらえて嬉しいよ。無理にとは言わない。だが、私は自分の過去を探し出すつもりだ。そして、謝罪も含めてすべてが済んでから、婚姻の契約を破棄したい」

「え？　それはどういう？」

離縁したい、ということだろうか。

「その、君とは普通の夫婦になりたいんだ」

「普通の夫婦ですか？」

「そうだ。跡継ぎは私たちの子がいい」

ほんの少し前だったらこの申し出に戸惑っただろうが、今は彼がそう言ってくれるのは嬉しかった。

だがその反面、過去を思い出した瞬間豹変してしまったらと思うと怖くてたまらなかった。リデルの心は激しく揺さぶられる。

「君と一緒なら、私は今のままでいられる気がするんだ」

一人でフリードリヒが自分の過去を探し、リデルの知らないところで思い出し、その瞬間から元の彼に戻ってしまったらと思うとそれもまた怖いと感じる。

「わかりました。私も協力します」

結局、リデルは協力することにした。

◇

彼は翌日早くから起きて執務を終えるとリデルを誘って、今では閉鎖されている塔へ向かった。

ハワードが心配してついてきたがったが、そうすると侯爵家の仕事が滞ってしまうので、代わりに番兵を連れてきた。

あとは下働きの者たちが、鎖と南京錠で厳重に塞がれていた入り口を開いた。

ぎぎぎという重たい音を立てて、錆の浮いた鉄扉が開かれる。

「蝶番に油をささなければだめなようだ。手入れを頼む」

フリードリヒはいつもと変わらない落ち着いた口調で下男に指示を出す。

「さあ、リデル行こうか。足元が悪いから気を付けてくれ」

そう言って彼は何の躊躇もなく自然にリデルに手を差し出す。

彼の手をとりつつも、リデルは王都の夜会で彼に触れた瞬間の嫌悪の表情を思い出す。

もしフリードリヒが過去を思い出してしまったらと思うとやはり怖いのだ。

リデルが城に行くまで城の中に女性の使用人がいなかったことから、彼が極度な女性嫌いだったのだとわかる。

（もしくは女性を恐れていた？）

塔の中に一歩足を踏み入れる。中はひどくがらんとしていた。

四角く切り取られた明かり取りの窓が小さく高い位置にあり、日が当たらないせいか外より寒く感じる。薄暗い塔の一階で、厚手の外套を着こんでいるリデルはぶるりと震えた。

中央に階段があり、二階三階へと折れ曲がり遥か上へと続いている。

「どこから調べるおつもりですか」

リデルが上へ上へと続く階段を見上げた。

「上の階からにしようかと思う」

「それはまたどうしてですか？」

フリードリヒは何か思うところがあるのだろうか。

（記憶の封印がほどけかかっているの？）

リデルは不安そうにフリードリヒの表情をうかがった。

「城の書庫で、この塔の見取り図をみつけたんだ。最上階は物見やぐらとして使っていたのかと思っていたのだが、どうも人を幽閉するために使われていたようなんだ」

「え？」

「それが、私なのではないかと思っている」

薄暗い塔の中でランプを片手に持つ彼が真剣な表情で言う。

「そんな、まさか。旦那様は跡取りとして大切に育てられたのではないですか？」

「君は以前の私を見て本当にそう思ったのか？」

リデルは答えに窮してしまった。確かに愛情をたっぷり注いで育てられたというよりも厳格に育てられたように感じる。

笑うことはなく、常に隙のない人だった。

「それから同僚に聞いた話によると、野営の折、私はあまりテントを好んでいなかったようだ」

「え？」

「たいてい焚火のあるところや、明かりのある所で寝ていたそうだよ」

「……暗闇が怖かったのでしょうか？」

その言葉に彼が頷く。

「ここに帰ってきた日に使用人にも聞かれた。寝るときに部屋の明かりを落としても大丈夫なのかと」

「ご自分がこの塔に幽閉されていたとお考えなのですね」

リデルは体の芯が冷えていく気がした。なぜそんなにも辛い記憶を思い出そうとするのかと、リデルは悲しくなってくる。

「ああ、そう思っている。君をこんなことにつき合わせて悪いな。だが、情けないことに一人で確かめるのは怖くてね。リデルがいれば、安心できるんだ」

フリードリヒがぎゅっとリデルの手を握る。

「アンドレア様ではなくて？」

「彼も信頼がおけるが、これから先私とずっと生きていくのはリデルだ。だから、リデルとともに確かめたい。あの結婚の契約書はひどいものだったが、遺言書を見たときに確信したんだ。私は君を信頼していたと、いやむしろ心の底では慕っていたのかもしれない」

とてもそんなふうには見えなかったが、遺言書を見る限りでは十分すぎる財産を残してくれている。蔑ろにされていたようには思えなかった。何らかの事情があり、リデルがというより、女性全般が苦手だったのだろう。

リデルは手を引かれ、ゆっくりと塔の上まで登っていった。さすがに最上階まで来ると息が切れる。

階段の先には開け放たれたドアがあり、明かり取りの窓から穏やかに光が差し、きらきらと舞い散るほこりを照らしている。思ったより、穏やかな光景にほうと息をつく。

「リデル、あれを見ろ」

フリードリヒの緊張した声に振り返ると、向かい側のドアが破壊されていた。

そして、その奥は暗闇に閉ざされていて何も見えない。あれが、フリードリヒが幽閉されていた部屋なのだろうか。リデルは後退りした。

「行くよ」

そう言ってフリードリヒは反対側に向かって足を踏み出す。

いつの間にか彼は早足になり、二人の手は離れていた。リデルは慌てて彼の外套をつかみ付いていく。けっして彼を一人にしてはいけない、リデルはそう感じた。

何者かによって斧のようなもので破壊されたドアの前に立つフリードリヒ。部屋の中は暗く、饐えたような嫌なにおいがした。部屋に日が差さず何も見えないが、かなり劣悪な環境だ。

「旦那様、もうやめませんか？」

リデルは震える声でつぶやいた。

「リデルはここで待っていてくれ」

戸口の外にリデルをたたせ、フリードリヒは一人で入っていく。そして部屋の中を確認した。

一度出てくると彼は、斧を手にして再び部屋に入ろうとする。

「旦那様、どうなさったのです？」

「窓に板が打ち付けてあった」

「え？」

もう嫌な予感しかしない。

ガツンと斧を打ち付ける音が数度聞こえた後、部屋に外のまぶしい明かりが差した。

目がくらんだのは一瞬で、机も粗末なベッドも無残に破壊され、荒れ果てた部屋が現れた。

そして、次に見えたのは壁に刻まれたいびつで拙（つたな）い文字。

――助けて――

リデルは息を呑んだ。

二人の間にしばらく時間が止まってしまったかのような沈黙が落ちたが、リデルがいち早く立ち直った。

目の前で呆然自失として立ち尽くすフリードリヒに、慌てて駆け寄って彼の背中に触れた。

その瞬間、彼がするりとよけたのでドキリとしたが、ただ振り返っただけですぐにリデルを抱きしめた。

「ああ、リデル、私はきっと子どもの頃にここに閉じ込められていたのだ」

彼に拒絶されていないことに安堵したが、子どもの頃の境遇を思うと胸が痛む。フリードリヒの大きな体が震えている。リデルはなだめるように背中をさすった。

「旦那様、どうか無理をなさらないでください。いったん城に戻りましょう」

「君をこんなことに巻き込んですまない」

苦しそうに彼は言う。顔色も悪い。

「とにかく、いますぐここを離れて城に戻りましょう」

リデルは彼をなだめながら塔の外へ連れ出した。

◇

塔から戻ってしばらくはショックを受けているようだった。フリードリヒをサロンに連れて行き、温かいお茶を飲ませる。彼が少し落ち着いた頃を見計らって、リデルは彼に声をかけた。

「旦那様、もう、これで終わりにしましょう」

リデルはフリードリヒの悄然(しょうぜん)とした様子を見て心を痛める。

「リデル、一つだけ思い出したことがある。あの文字は私が子どものころ、スプーンで必死に刻んだものだ。断片的だが記憶がある。だが、何があったのかはさっぱり思い出せない」

彼は絶望的な子ども時代を過ごしているのだ。

「旦那様、私は謝罪などいりません。今のままで十分幸せです。だから、どうかもう過去を探すことはおやめください」

リデルは懇願した。彼と結婚して特別嫌な思いなどしていない。むしろ幸せだ。あのまま親戚に乗っ取られた生家にいたらと思うとぞっとする。

「しかし、それでは、君に誠実に向き合っているとは言えない」

「そんなことはありません。旦那様は誠実な方です。だいたい思い出したくないから、忘れたのでしょう？」

リデルは、たたみかけるように言う。

「私は自分から逃げている。それなのに君と普通の夫婦になりたいと考えてしまう。……卑怯（ひきょう）ではないか」

「卑怯？　何がいけないんです？　辛いなら逃げたっていいじゃないですか」

いつもとは違うリデルの激しい口調に、驚いたようにフリードリヒが顔を上げる。

「いやなら、全力で逃げればいいではないですか！　旦那様は数々の戦場を経験されてきたことと思います。勝てない敵から逃げたことはないのですか？　勝てないとわかっている敵に部下と共につっこんでいったことはあるのですか？」

「……覚えてはいないが、もしそうしていたら、今私は生きてはいないだろう」

フリードリヒが過去の思いを探るように、アイスブルーの瞳を揺らす。

「これは戦略的撤退です。逃げて、逃げて、逃げ回ればいいんです。せっかく忘れたつらい過去を思い出して、二度も傷つく必要なんてありません」

「リデル……ありがとう」

そう言って彼はリデルをそっと抱きしめた。

それ以来、ときどきふさぎ込むフリードリヒを見ることはあったが、彼は徐々に元気を取り戻していった。

フリードリヒはまるで塔に入ったあの日を忘れるかのように、領内を奔走し仕事に没頭している。

新たに始まった銀山の採掘も開始し、領内だけではなく近隣の領からも人を募り街道の舗装工事も始め、忙しい日々が続いた。

そんなフリードリヒを見ていると、リデルは取り残された気分になる。

ある日の晩餐で、フリードリヒから言われた。

「宿屋の建物は完成した。それでリデルに頼みたいことがあるのだが」

「なんでしょう？」

やっと彼の手伝いをさせてもらえるのだろうか。リデルは素直に嬉しかった。

「城を見る限りでは私にセンスはないようだから、内装を一緒に考えてほしい」

「私が最初に住んでいた別邸はとても素敵な内装でしたよ」

「ああ、あそこは私の父が家督を継いだ後、祖母が住んでいた場所のようだ」

初めて聞く話に少しドキリとした。

「そうだったんですか？　それは思い出したのですか」

リデルは不安げに彼を見る。

「いいや、記録を見ただけだ」

「まだ、過去をお探しだったのですね」

リデルは彼が心配になった。もしも彼女がいないときに彼が過去を思い出したら、ある日突然以前のようになってしまったら。

「大丈夫だよ、無理はしてはいないから。何かあれば必ず君に相談する」

そう言って、フリードリヒは穏やかな笑みを浮かべた。

終章　雪解け

――草木の青さが深くなり、野にはカミツレが咲き乱れ、もうすぐ夏が訪れようとしている頃。

まだ夜が明けきらぬうちに、リデルはフリードリヒとともに馬車で城を後にした。

とうとう街道の宿屋が完成したのだ。

リデルとフリードリヒは客を入れる準備を進めるため、新しい宿屋を目指して一泊二日の旅に出た。街道は以前に比べると随分と整備され、馬車の旅も快適だ。リデルの胸は期待に躍る。

現地に降り立ったリデルは、想像していたよりも立派な外装に驚いた。三階建ての堅牢な建物である。使われなくなった建物を買い取ったと聞いていたので、もっと鄙(ひな)びたものを想像していた。

「随分と立派ですね」

「ああ、土地もあるし小さなものではもったいないと思ってね。改築とは言っていたが、ほぼ建て直しと一緒だ」

そう言ってフリードリヒは苦笑した。この計画への彼の意気込みを感じる。

リデルは宿屋に入ると、まだ手を付けられていない内装を考えるため、建物内を見て回った。宿屋の開店にあたりフリードリヒが募集した経験者に意見も聞きながら、設備を整えていく算段をつけていく。

贅沢な家具や備品をそろえるよりも、まずは自分が宿屋で必要とするものを用意するつもりだ。これには野宿の経験が役立った。朝晩の冷えをしのぐための毛布や充分な薪の用意は絶対必要だ。また部屋によっては分厚いカーテンを用意し絨毯も敷く。その他、温かいお茶やすぐに料理を提供できるように準備を進めていった。

そしてできれば、体を拭うだけではなく、浴槽も取り入れたい。しかし、そういったものを必要とせず、より安価で泊まりたい者もいるはずだ。

リデルは部屋によってグレードを決め、どれだけ備品を充実させるかも相談し、ベッドからタオルまで、細部に至るまでこだわっていく。

ノースウェラー領は農業に従事している者がほとんどだ。そのため今回、フリードリヒは他の領から王都にまで募集をかけて経験者を集めたのだが、やはり領主が乗り出すと規模が違う。しかも決定権を持っている領主が現場にいるため、仕事はスムーズに進んだ。

ノースウェラー領にはよい材木もそろっており、毛織物は特産物としても有名だ。リデルはできる限り、ノースウェラー領産のものから選ぶようにした。

フリードリヒも同じ考えを持っていて、二人で細かな設備を決めていく。

その後、内装工事の進み具合も順調で、夏の間に第一号の宿屋が出来た。今夏はここで限界だろう。正直これほど早く計画が進むとは思っていなかった。

うまく軌道に乗ればいいとリデルは祈る。

「これで領内外の人が利用してくれるといいですね」

道中に宿があるかないかで、ずいぶんと旅の内容も変わってくるだろう。

「リデル、来年にはもう一棟建てるつもりだ。雪に閉ざされるまでは街道の整備も続ける。いつまでも王都まで交通が不便では資源があっても使いようがないからね」

楽しそうに領の未来について語る彼を、リデルは頼もしく思う。

いつの間にか夫の顔は明るいものに戻っていた。彼の中で何かが吹っ切れたようで、リデルはほっとする。

「もう一つ良い物件もすでに見つけているんだ。買い付けようと考えている。街道に間隔をあけて二軒宿屋があれば、きっとゆっくり旅もできるだろう」

「それならば、私も一緒に」

「リデル、もう少し街道が整ってからにしよう。ここよりずっと王都寄りなんだ。まずは私が行ってくる。それに君にはもう一つ大切な仕事があるだろう?」

リデル主導で進めてきた工房の規模拡大のことだろう。

新しく人を雇い入れるにあたり面接もしなくてはならない。

王都に募集を出さずともフィーの細工に魅せられ幸い領内からも応募してくる者が増えていた。

それに温泉宿の件もある。まだフリードリヒに話していなかったが、リデルは温泉付きの宿を一軒だけで終わらせる気はなかった。この素晴らしい施設を領内に広めたいと考えている。

そのため領地育ちで地元の情報に詳しい、ハワードやドロシーに相談しながら、領都周辺の温泉が湧き出ている場所を調べ、候補地を探していた。フリードリヒが城を離れている間は、城の執務もリデルが引き受けた。

そしてリデルが城を守っていたおかげで、フリードリヒはひたすら街道の整備や宿屋の建設に従事することができていたというわけだ。

夫婦で協力し合って、領を盛り立てていこうと頑張っている。結婚当初には思いもよらなかった関係だ。

リデルは忙しくも穏やかな幸せをかみしめていた。

◇

フリードリヒが採掘を再開した遠くの銀山をまわってから、街道の舗装工事を視察することになり、二週間ほどの予定で城を離れることになった。リデルは執務にはすっかり慣れて、日々順調に仕事をこなしている。

しかし、フリードリヒと長く離れていることに不安を感じるようになっていた。戦地から帰還した彼が城を離れるのは、これまで五日程度だった。

ここしばらく二人で囲んでいた食卓が一人になり、心にぽっかりと穴が開いたような寂しさを覚える。

城は多くの使用人であふれていて、リデルも忙しく働いているはずなのに。

（もしも、私のいない場所で過去を思い出してしまったら……）

リデルは時に焦燥感にかられるようになった。やはり、ずっとフリードリヒのそばにいたいと思ってしまうのだ。

そんなふうにフリードリヒの帰りを今か今かと待っていた、ある夏の終わりの昼下がり——王都から先ぶれもなく来客があった。リデルは急ぎ城門へ向かう。

そこには二度と見たくないと思っていた顔が並んでいた。オットーたちである。突然の出来事に、リデルは息をのむ。

「驚いたわ。聞きしに勝る田舎ね」

イボンヌがうんざりしたような顔をする。

「ここまで来るのは本当に大変だった。道中に宿すらないのか?」

オットーがえらそうに言う。

今のノースウェラー領には宿がある。きっと彼らが宿泊費をケチったのだろう。

リデルはあきれてものも言えなかった。

「リデル。随分いい暮らしをしているようねえ。そのドレス、上等な布地を使っているわ」

ミネルバがイラついた様子でリデルをにらむ。

「何しに来たのですか?」

ようこそなどと言う言葉は出てこなかった。リデルは彼らを城に通したくない。

「おい、それはいくら何でもないだろう！」

「そうよ！　かわいそうなあなたを育ててあげたのに恩知らずだわ」

ミネルバが怒りをあらわにするが、彼女に育てられた覚えはない。

「歓迎されこそすれ、こんな扱いを受ける覚えはないわ！」

オットーたちが一斉に騒ぎだした。

リデルは城での静かな生活に慣れ、彼らの声が耳障りでたまらない。

様子を見守っている門番や使用人たちがオットーたちを不審そうに見ていることに、気付かないのだろうか。

それぞれにわめきたてるので、ここで追い返すのは諦めて、リデルは渋々彼らを城に入れた。おそらく金品の要求だろう。

自分の小遣いからいくばくか金を渡して追い払うしかないと、リデルは諦めた。

とにかく、早々に彼らにこの城から出ていってもらわなくては。

クルトが領地に戻っているはずだが、彼は一緒ではないようだ。彼は何をしているのだろう。

それにしても、恩知らずとはよく言ったものだ。

両親が亡くなって悲しみに暮れているリデルから家督を乗っ取り、借金のカタに侯爵家に売ったのに。本来ならば、伯父はリデルが成人するまでの後見人にしかなれなかったはずだ。

リデルはここでいろいろなことを学び、過去の理不尽に気が付いていた。

しかし、そのおかげで今は幸せで、贅沢な暮らしをさせてもらっているし、やりがいのある仕事もある。結果的には恵まれた生活を送っているわけで、リデルは複雑な心境になった。

リデルは仕方なくオットーたちをサロンに通すと、彼らはその豪華さに目をむいた。

「驚いたな！　まさかお前がこれほどいい暮らしをしているとは……」

「そうね。外観は無骨な感じだけれど、随分と高そうなじゅうたんを敷いているじゃない。それにりっぱなドレープカーテンまであるわ。一体内装にいくらかけているのかしら？」

ミネルバは目の色を変えて、金の話ばかりをする。

騒ぐ彼らの相手を使用人たちにさせるわけにもいかず、残っている仕事も気になるが、リデルが相手をすることにした。

リデルとフリードリヒの結婚で無くなった借財をまた作り、リデルをだまして侯爵家からだまし取ろうとしたくらいだ。お金が欲しいということはわかっている。しかし、どういういきさつで彼らがここに来るに至ったか聞いておかなくてはならない。もう二度と彼らに来てほしくないからだ。そのためにも、クルトにも問い合わせないといけないだろうとリデルは考えていた。

リデルはこの領をフリードリヒから預かっている侯爵夫人だ。もう実家にいたころの無力な少女ではなかった。リデルは彼らの前に腰かけ、対峙する。

「それで、なぜこれほど遠い領地まで来たのですか？」

リデルは冷静に問い質す。

「リデル、せっかく遠路はるばる訪ねてきたのにその言い方はないでしょ！」

声を荒げるミネルバを、オットーが「まあまあ」と言ってなだめる。

「実は見舞いに来た」

「見舞い？　誰のですか？」

リデルは意味が分からなくて、眉根を寄せる。

「侯爵閣下が記憶喪失になったと聞いてね。お前が苦労しているのではないかと」

その割に見舞いの品もないようなので、リデルは呆れた。

「それは昨年の話ですが？」

「ここには、冬は寒くて来られないだろう。それに、そのあとも侯爵様はまだ記憶が戻っていないというではないか？　社交もなさらないし。軍人として、もう仕事はできないだろうと噂されている」

「それが、何か？」

言っていることは失礼だし、彼らに何の関係があるのか心底不思議だ。自然にリデルの声もとがる。

「私たちで手伝えることはないかと思ってね」

オットーがいけしゃあしゃあと言う。

この人たちに散財以外何が出来るというのだろうか。リデルには甚だ疑問である。

だが散財しようにも、あいにくここには贅沢品はなく、冬は長く雪に閉ざされる。

「いえ、ご心配には及びません。ここには使用人も多く、全く困っていないので。そういうことならばお引き取り願います」

リデルはきっぱりと思いを口にした。

「何なのよ、偉そうに。あんたが偉いんじゃなくて旦那が偉いんでしょ？　何か勘違いしているのね」

イボンヌがかっとなる。

「何も勘違いはしておりません。勘違いしているのはイボンヌ様です」

取り澄ました様子でリデルが答える。ドリモア家にいた頃はオットーに言われて、イボンヌを「お姉さま」、ミネルバを「伯母様」と呼んでいたが、今となってはそんな義理もないし、彼女たちを恐れ、顔色をうかがう理由もない。そんなことをすれば再びなめられてしまう。侯爵夫人となった今、それはあってはならないことだ。リデルは決意も新たに膝の上でぎゅっと両手を握りこむ。

「は？　なんですって！　なんであんたなんかにそんな言われ方しなくちゃならないのよ！」

イボンヌが立ち上がり、威嚇するようにリデルをにらみつける。本当に彼女はわめいたり、怒ったりと忙しい。リデルはほとほと嫌になった。

オットーたちとは、もう縁も切れたと思っていたのに、なぜまた彼らの相手をしなくてはならないのかと腹も立ってくる。

「やあね。すっかりお高くとまって」

ミネルバが冷笑する。

「失礼ながら、奥様はウェラー侯爵家の侯爵夫人でございます。そして旦那様がお留守の間は奥様がこの城の主です」

「そうです、旦那様がお留守の際は奥様が執務をなさっているのでお忙しいのです」

今まで影のように控えて様子を見守っていたハワードとドロシーが我慢しきれなくなったように口をはさむ。

彼らはリデルが心配だったのか、二人そろってサロンにいる。気持ちはありがたいし心強くもあるが、彼ら二人がここにいると、城の業務が滞っているのではないだろうか。

「まあ、やだ。使用人のしつけもできていないの？　貴族の会話に口をはさむなんて」

さげすむようなミネルバの口調に、リデルも頭にきた。

「失礼な言い方をしないで！　彼らはこの家にとっても、領にとっても、大切な人たちなの。それにミネルバ様は貴族ではありません」

ぴしりと言い放つと、ミネルバが鼻白んだ。

「な、なによ。急に威張りくさって。家にいたころは人形みたいにおとなしかったのに」

ぷいと子どものように横を向く。彼女はリデルの反撃に慣れていないのだ。

「それから、イボンヌ様。御子はどうしたのです？」

「は？」

今まで険しい表情をしていたイボンヌが、リデルの言葉にぽかんとする。

「もうお生まれになったんでしょ？　小さな子を家に置いての長旅ですか？」

リデルが非難の眼差しを向けると、対峙する三人の顔色が変わった。

「ち、違うわ。子どもなんて出来てないわよ」

慌てたようにミネルバが言う。

「はい？」

リデルは首を傾げた。子が出来たから、リデルとの婚約を白紙にもどし、イボンヌと結婚するとギルバートは言っていたのだ。

「想像妊娠ですって。そういうものがあるらしいわ」

しれっとイボンヌが答えた。そこまで聞いてリデルは怒りを鎮めるために深呼吸をする。この三人の中で一番話が通じないのがイボンヌだったと思い出す。

それからリデルは、ハワードを下がらせた。

サロンにはオットーたちとリデルとドロシーだけになる。ドロシーには申し訳ないが彼女には少し付き合ってもらおうと思った。なにせ彼らはそろいもそろって嘘つきだ。

だから、証人が欲しかったのだ。

「それで、ギルバート様とはどうなっているのです」

「あら、リデル、まだ彼が好きなの？　捨てられたのに。ふふふ、かわいそう」

イボンヌがいやらしい笑みを浮かべる。

「私は、それほどお人よしではありません。あなたはまだ彼と結婚していないのかと聞いているのです」

不誠実で失礼な男にこれっぽちも未練などなかった。それどころか、すっかり忘れていた。

「出来るわけないじゃない！　あんたたちにあの舞踏会で恥をかかされたのよ。子どもが出来ていないとわかったら、即刻破談にされたわ！　どうしてくれるのよ」

そう言って突然わっと泣きだした。オットーもミネルバも手を付けられない様子で、おろおろとしている。

イボンヌが興奮して話し合いができる雰囲気もなくなってしまったので、その日の話し合いは仕方なくそこで中断することにした。相手の思うつぼという気もするが、リデルにもまだ執務が残っている。やらなければならない仕事が山積みなのだ。

とはいっても、彼らをこのままなし崩し的にここに住まわせるわけにはいかないのも事実だった。しかし、帰れというには遅い時間なのと、事情もまだわかっていないので、不承不承泊めることにした。

リデルは執務室に戻るとさっそくクルトにどういう事情で彼らがこちらに来たのかを

問い合わせる手紙をしたため、早馬で送った。彼らが帰らなければ、引き取りに来てほしい旨を伝えている。リデルはこの件に関して、フリードリヒの手を煩わせたくはなかった。

その晩、リデルは遅くまで執務をこなしていた。やっと床に就いたのも束の間、困惑顔の使用人がリデルの部屋にやってきた。

彼らが勝手に酒を運ばせ、つまみをつくらせ、食堂で酒宴を開いての大騒ぎをしているという。

リデルは使用人から報告を聞き、慌てて彼らを説得して部屋に戻らせた頃には、夜中を過ぎていた。

フリードリヒの親族に勝るとも劣らない蛮行に、リデルは頭を抱える。

次の日、午前のお茶の時間に彼らと再び話し合おうとしたが、まだ寝ていて起きてこなかった。

昨晩は相当飲んでいたので二日酔いだろう。上等の酒を勝手に飲まれてしまったし、冬のたくわえになるはずだった食料にまで手を付けられ、フリードリヒにどう謝ろうかとリデルは頭が痛かった。

干し肉などは、冬の長いノースウェラー領では貴重なたんぱく源なのだ。リデルはさっそく食料の補充をするため使用人たちに指示をだした。

午後にはフィーの工房に様子を見に行き、リデルが管理を任されている領都そばの温泉付きの宿に視察に行く予定だったが、これ以上オットーたちに好き勝手をされては困るのでキャンセルした。大雪でもないのに予定をキャンセルするなど初めてのことだ。やはりクルトからの手紙の返信を待つことなく、オットーたちを追い出そうとリデルは腹を決めた。これでは城全体の仕事が滞ってしまうし、城の空気も悪くなる。というかすでに悪くなりつつあった。

ちなみにリデルは、彼らに城の地下に湧く温泉の存在を知らせていない。絶対に彼らに使わせたくなかった。リデルにとって多くの癒やしをもたらした城の温泉は、リデルにとって神聖なものでもあったからだ。

◇

午後のお茶の時間になって、だらしのない彼らはやっと起きてきた。

知らせを聞いたリデルは、ハワードに後のことを任せて、慌ててサロンに向かう。見張っていないと何をするかわからないからだ。

　すると案の定、オットーたちは使用人たちに威張りくさり、我が物顔でふるまっていた。

「伯父様、ミネルバ様、それにイボンヌ様、使用人たちに勝手に指示を出さないでもらえますか？　ここはあなた方の家ではないのですよ」

　リデルがぴしりと言う。

「はあ？　私たちは客よ。北方の土地では客を手厚くもてなすと聞いたわよ。それなのに、なんなのここは？　料理も田舎料理ばかりで口に合わないわ」

　ふてくされたようにイボンヌが言う。

「食糧庫を勝手に荒らすあなた方は、お客様ではありません。それでこの領地には何しにいらしたのです？　あまり長く滞在されると旦那様のご迷惑になります。こちらに来た用件をおっしゃってください」

　のらりくらりと躱(かわ)されてはたまらない。リデルは単刀直入に言った。

「あなたはなんて失礼なことをいうのよ！　恩も忘れて、だからこんな娘、修道院にでも預ければよかったのよ。それをあなたが、体裁が悪いっていうから」

　ミネルバが立ち上がりリデルを怒鳴りつけるのを、オットーがどうにかなだめて席に着かせる。

「リデル、穏やかではないね。私たちは何も喧嘩をしに来たわけではないんだよ。あくまでも記憶喪失の夫を支えているお前の手伝いをしに来たのだよ」

今度はオットーが猫なで声で言う。

「お手伝いというと、具体的にはどのようなことが出来るのですか？」

「お前も忙しいだろう。私は男爵家の領地の管理をしていた。だから、任せてもらえないか？」

「御冗談を、なぜ伯父様が侯爵家を？　クルトお兄様を手伝えばよいではないですか」

「それが、クルトの奴は勝手に隣国から婚約者を連れてきて、彼女と二人で領のことはやるからと私は隠居させられてしまった。しかし、ここの領地は広いしやることも多いだろ？　病気の夫を抱えお前ひとりではたいへんだ。それに敷地内には屋敷も余っているではないか？　管理だけでも大変なはずだ。誰も住まなければ傷んでしまう。私たちが住んでやろう」

オットーがさも同情しているように図々しいことを口にした。当分の間ここに居座る気でいるようだ。リデルにとっては最悪の事態である。

「旦那様はご病気ではありませんし、頑強な方です。今も領地のために各地を視察しております」

子どもの頃もこの手でだまされ、家督を奪われた。成人したリデルにも同じ手が通用すると思っている。

「つくづくお前は肉親に縁の薄い子でかわいそうだ。それでは子を作るどころではないだろう？」

やはり早く養子をとった方がよさそうだ。付け入る隙が出来てしまう。フリードリヒが帰ってきたら、このことを速やかに報告し、対策を立てようとリデルは考えた。

「伯父様に関係ございません。それで、そちらのお二方は何をしにいらしたのです？」

リデルはミネルバとイボンヌに目を向ける。

「私は夫を支えるために決まっているじゃない。夫婦なのだから当然でしょう」

ミネルバはふてぶてしい態度を崩さない。リデルは内心歯噛みした。彼女には子どもの頃どれほどいじめられたことか。

「では、イボンヌ様は、ここで何をしているのです？」

「呆れたわね。そういう言い方はないでしょ？　聞けば、あんたは社交もせずに王都のタウンハウスはほっぽりぱなしと言うじゃない。だから、私が管理してあげるわよ。代わりに社交をしてあげてもいいわ」

さんざん社交界では外聞の悪いことをしてきたのにとんでもないことを口走る。今ではどこからも招待すらされないのだろう。

「結構です。あちらにも信頼できる使用人がおりますし、きちんと管理もされているので。くれぐれも勝手にお立ち寄りにならないでくださいませ。迷惑です。と言うことでお手伝いいただくことはなにもございませんので、今すぐおひきとり願います」

リデルの強硬な態度に、さすがのオットーも鼻白んだ。

「しかし、私たちはお前を心配してこの遠い北の領地まで、途中で野宿までして金と時間をかけてやってきたんだ。気持ちをくんでくれてもよいのではないか?」

居座りたいのか、金が欲しいのか。その両方が欲しいのか、雲行きが怪しくなってきた。

「わかりました。お金は用意いたしますが、その代わり、もう二度とこちらにお越しにならないでください。何しろ、不便な土地ですので」

その言葉にミネルバがとうとう癇癪を爆発させ、バンとテーブルを叩き立ち上がるとリデルにつかみかかり、襟の繊細なレースを破き、喉を締め上げる。

「冗談じゃないわ! なんで私が、こんな小娘にここまで馬鹿にされなくちゃならないのよ!」

これが彼女の地金だ。

「そうよ。あんたなんて所詮お飾りの妻でしょ！　社交界で馬鹿にされてんの知らないの？」

イボンヌはそう叫ぶとどさくさに紛れて、リデルの髪を引っ張り、髪飾りを奪う。フリードリヒが前にフィーの工房で買ってくれたものだ。リデルのお気に入りで、いつも身に着けていた。

「おい、やめないか、ミネルバ、イボンヌ」

オットーが止めるふりをして薄笑いを浮かべて見ている。

ドロシーが止めに入りながら扉の向こうへ大声で助けを呼ぶ。するとドアの外に控えた使用人たちが部屋に雪崩れこんできた。

それは本当にびっくりするほどの人数で、あっという間に彼ら三人は取り押さえられる。

「痛っ、痛たた！　貴様ら何をする！　そこまでやる必要はないだろう！」

オットーが真っ赤になって怒鳴りつけると、城の番兵が彼に向かって言う。

「奥様に無体を働くものがいれば、問答無用で地下牢へ放り込むようにと旦那様から申しつかっております。さあ、引っ立てろ」

オットーたちはガタイの良い兵士たちに周りを囲まれて、拘束された。

「は？　何を言っている。私らは貴族だぞ！　平民の分際で分を弁えんか！」

オットーが目をクワッと見開き、番兵たちを怒鳴りつける。

「分を弁えていないのは貴様らであろう！」

ひときわ冷たく鞭打つように響く声。そこにはあたりが凍てつくような空気を纏ったフリードリヒが立っていた。

出会ったときとまったく同じ、アイスブルーの冷たい瞳で威嚇するようにオットーたちを睥睨する。殺意すら感じるその姿に、リデルはぶるりと震える。

夫は過去を思い出したのだろうかと不安を覚えた。

しかし、その後ろにはクルトが泣きそうな顔で立っている。時間的にはリデルの手紙は届いていないはず。

クルトはオットーたちがいないのを察して、急いで後を追ってきてくれていたのだ。

オットーたちはフリードリヒの姿に狼狽し、クルトを見て動転した。

だが、今話すべきはフリードリヒだと判断したようで、オットーは途端に愛想笑いを浮かべる。

「こ、これは誤解です。いきなりリデルが取り乱したので止めていたのです！」

オットーがとっさに嘘をつくが、フリードリヒはそれを無視して兵に命令を下す。

「リデルだと？　なれなれしく私の妻の名を呼ぶな！　彼女をリデルと呼んでいいのは夫である私だけだ！」

初めて聞く話にリデルは目を見開いた。何やらフリードリヒがとんでもないことを言っている。彼以外、リデルをリデルと呼んではいけないそうだ。彼女はひと時状況を忘れ、軽く混乱する。

「こいつらを地下牢につないでおけ！」

フリードリヒが兵に命じるのを聞いて、イボンヌが叫び気絶するふりをした。だが崩れ落ちる彼女を、誰も支えようとしないので彼女は床に転がった。

「イボンヌ、いい加減にしろ！　情けをかけてやったのに調子にのるな！」

クルトの怒号にびっくりして、イボンヌが飛び起きる。リデルも驚いて目を見張った。クルトが逆毛がたつのではないかと思うほど、激怒している。こんなクルトは初めて見た。

オットーもミネルバも自分の娘どころではなく、お互いが保身に必死だった。きっと最初はここまでやる気はなかったのだろう。まさか現場を押さえられるとは思っていなかったはずだ。フリードリヒがいないのを知って調子に乗ったのだ。

「違います。何かの誤解です。本当に私たちは何もしていないのです」

するとフリードリヒがドロシーに目を移す。

「みなさんで、寄ってたかって奥様をいじめていました！　暴力をふるったんです。奥様をお守りできなくて申し訳ございません」

ドロシーが涙ながらに訴える。リデル自身はそこまでされてないと思うが、彼女にしてみれば悔しかったのだろう。歯を食いしばっている。

「ちょっと待ってくれ、貴族である私より、その使用人の言うことを信じるのですか！」

「そうよ。リデル、ここでは何もなかったわよね？　私たちは親を亡くしたあなたに尽くしてきたわ。その恩があるでしょ？」

このミネルバの言葉にリデルは唖然とした。

「父と母を亡くし、呆然自失している私を言いくるめ、財産を食い散らしたのはあなたたちではないですか。馬鹿にしないで！　私はもう何もわからない子どもではないのです。この領にまで迷惑をかけていないで、さっさと出て行ってください！」

「馬鹿な、私はそんなことはしていない！　お前が承諾したんだ」

オットーが顔を真っ赤にして言い放つ。

「あなた方がしばらく一緒に住むというから、頷いただけでしょう？　親を亡くしたばかりでふさぎ込んでいる子どもになぜそんなことができたの？　ふざけたことを言わないで！　それにあの領地にはもともと借金があったなんて嘘よ。父も母もあなた方のように華美でもないし、贅沢でもないし、だらしなくもなかった。借財を作ったのは伯父様たちだわ」

ずっと心の中にわだかまっていたことを吐露し、リデルは溜飲が下がる思いだった。

伯父夫妻は言葉を詰まらせ、リデルの反撃に顔を青くする。

すると、今度はイボンヌが怒りに顔を赤くして、眦を吊り上げた。

「侯爵家の威光を借りて調子に乗っているのね！　とんでもない田舎だし、その上旦那は記憶喪失で軍人として使いものにならな……」

彼女が最後まで言い終わることはなかった。兵士たちの逆鱗に触れ引っ立てられ、悲鳴をあげ部屋から引きずり出される。それは伯父夫婦も同様で、廊下は阿鼻叫喚の大騒ぎとなった。イボンヌに関しては、口をふさがれている。

「おい、リデル、助けてくれ！」

「そうよ。私たちは善意で来ただけなのよ！」

今回ばかりは彼らを助ける気にはなれない。

「ふざけないで、冬になればここの領地は雪と氷に閉ざされるのよ！　その冬のために準備していた食料に手を付けたあなた方を絶対に許すわけにはいかないわ！」

リデルが決然と言い放つ。

彼女は城の保存食を食い散らかされたことが、無念でならなかった。

「リデル、本当に申し訳ない」

クルトが深々とリデルに頭を下げ、彼は連行されていくオットーたちについていった。

彼の背中を見ながら、家族は選べないのだとリデルは切なく思う。

しんとなったサロンに、リデルとフリードリヒだけが残る。リデルはフリードリヒの前で跪いた。

「数々のご無礼、お許しください」

しかし、フリードリヒはそんなリデルをぎゅっと抱きしめる。

「やめてくれ、リデル！　すまない。私が不甲斐ないばかりに、妻も守れないとは」

驚いて彼の顔を見上げると、悲しげに瞳を潤ませていた。いつもの優しいフリードリヒがそこにいて、リデルは全身から力が抜けていくような気がした。

ついで緊張もゆるみ、涙が零れそうになる。

フリードリヒが優しくリデルの乱れたドレスと髪を直してくれた。

「ああ、かわいそうに痛かっただろう、リデル。髪を引っ張られたのか？」

大きく温かな手でフリードリヒがリデルの頭を撫でる。

「そういえば、いつもつけていた髪飾りはどうした。まさかあの女に？」

今まで泣きそうな顔でリデルを見ていたのに、フリードリヒの瞳が一瞬で冷たくなる。やはりこんな彼を見るとぞくりとした。

「ええ、そのようです」

兵につかまっても、リデルから奪った髪飾りはしっかりと持って行ったのだろう。いかにもがめついイボンヌらしい。

「相応の罰を与えなければな。おい、ハワードはいるか！」

フリードリヒが不穏な空気を纏う。リデルも今回ばかりは彼らに痛い思いをさせたほうがいいと考えた。もうこの領へ、二度と戻ってこないように対策を立てたい。それにクルトも心配だ。彼はきっとオットーたちに振り回されているのだろう。

「旦那様、あやつらの処分はいかがなさいましょう」

いつも温和な微笑みを絶やさないハワードの目が据わっているのを見て、リデルは背中がぞくりとした。彼も本気で怒っている。

忠誠心の強い彼は敬愛する主人を馬鹿にされ腹を立てているのだろう。そう、イボンヌは高位貴族であり、この国の軍神と呼ばれているフリードリヒに暴言を吐いたのだ。

いくらなんでも貴族の世界を知らなすぎる。

なぜオットーはイボンヌに湯水のごとく金を使わせて贅沢をさせたのに、彼女に教育を受けさせなかったのか。

ふいにリデルの胸は不安にどきどきしてきた。フリードリヒを見上げて口を開く。

「あ、あの、旦那様、罰は必要かと思いますが、手を切り落とすとかはやめてくださいね？」

何をするにも限度というものがある。彼が基本、苛烈な人だということを思い出した。

「ふ、もちろんだ。そんな真似はしないよ。遺恨になるようなやり方はだめなのだろう？」

口の端を上げ冷笑する。再びリデルはぞくりと寒気がした。思わず両手で震える自分の肩を抱く。

(本当に旦那様は、記憶を失ったままなのよね？)

彼の纏う空気が今までとは違う気がしてならなかった。

「ハワード。一週間後、平民二人は縛り首だ。貴族の男については後ほど沙汰をだす」

「久しぶりの公開処刑ですね」

「ひっ！」

リデルは、フリードリヒとハワードのやり取りに血の気が引き、小さく悲鳴をあげて卒倒した。

「リデル、リデル、大丈夫か！」

夫の必死な呼びかけにリデルはぱちりと目を開ける。そこは見慣れたリデルの寝室だった。

「旦那様……」

今まであったことを思い出し、リデルはがばりと起き上がる。

「まさか、あの二人は、もう縛り首に？」

「いや、それに関しては一週間後に執行する」

「どうか、旦那様。おやめください！　ここは戦場ではないのです。誰も殺さないでください。伯父たちの旦那様に対する非礼は謝りますので、なにとぞ」

リデルが必死で頭を下げる。

「やめてくれ、何の非もないリデルがなぜ謝る。私はリデルが不当に貶められ、一方的に暴力を振るわれたことに腹を立てている。それにやつらは使用人たちが準備していた冬の保存食にまで手を出し、開けた酒は飲み残し、食料を無駄にした」

寒いこの地では冬の酒は必需品だ。領主ならば怒って当然である。

「いえ、それは彼らを城に入れてしまった私が至らなかったのです。旦那様への侮辱は許されませんし、使用人たちに嫌な思いをさせてしまいました。私が償いますから、どうか」

リデルの頬を涙が伝う。フリードリヒが、それをやさしく拭った。

「そんなわけがないだろう？　君はよくやってくれている。リデル、なぜ、そこまであいつらを庇う。まるでけだもののような奴らではないか？」

心底不思議そうにフリードリヒが尋ねてくる。

リデルは縛り首を当然と思ってしまう彼が悲しかった。

「それでも、縛り首だけは……どうか」

もちろん彼らのことは大嫌いだ。

それに確かにオットーたちにはリデルを利用し傷つける意図はあっただろう。だが、殺める気まではなかったはず。ここは戦場ではなく、死者が出たわけでもない。

「私は、嫌いな人間は姿が見えなければそれで満足です。彼らが二度と私の前に現れなければ、それで良いのです」

貴族には面子がある。このままではすまないことも、リデルは重々承知している。

「旦那様、どうか……」

リデルはフリードリヒの体温を確かめるように抱き着いた。とても温かい。彼は温かい心の持ち主だと信じたい。フリードリヒはリデルの細い肩を抱き、なだめるようにやさしくリデルの背中をさする。

「少し待ってくれ、君の知らない間に彼らを処分することはないから安心してくれ。今はゆっくり休むといい」

そう言ってフリードリヒはやさしくリデルの髪をなで、ベッドに横たわらせた。

「私は、旦那様に人を殺めてもらいたくないのです。穏やかで静かなこの領地が私は大好きです」

「だから、人の血で汚すなと？」

リデルは首を縦に振る。

「私は、ずっと旦那様と穏やかに暮らしていきたいのです」

知らない間にフリードリヒが変わっていきそうで、もとの冷たい彼に戻ってしまいそうで、リデルは心細かった。

「わかった。リデル、私は君を傷つけるような真似はしたくはない。考えてみよう」

そう言って、フリードリヒが立ち上がる。

「旦那様、もう少しだけここにいていただけますか？」

リデルの言葉にフリードリヒは、泣き笑いのような表情を浮かべる。フリードリヒのその表情が、迷子になった子どものように見えた。

「大丈夫。リデルが寝付くまでここにいよう」

フリードリヒが、温められた薬草酒を飲ませてくれる。

薬草酒をゆっくりと飲み干すとリデルは、急速に眠気に襲われた。フリードリヒに包み込むように手を握られたまま彼女は深い眠りに落ちた。

フリードリヒは、眠りについたリデルを愛しげにしばらく眺めると、顔を引き締め執務室に戻る。
執務室にはハワードやドロシーのほか、主だった領兵がそろって待機していた。そんな中で肩身の狭そうなクルトが、憂鬱な表情を浮かべ立っている。皆が責めるような目

でクルトを見ているからだ。

「奥様のご様子は、いかがですか？」

ドロシーが、まずリデルを気遣ってフリードリヒに問いかけた。

「ああ、今は眠っている。だいぶ落ち着いたようだ」

それを聞いて皆がほっとしたように胸をなでおろす。リデルは使用人たちに愛されているのだ。

リデルは可憐な女性なのに、使用人たちを守ろうといつも矢面に立つ。性質も穏やかで温かい。当然彼らの信頼を得ていて尊敬されている。

その大切なリデルがひどい目にあわされ、しかも主をけなされたことに使用人たちは非常に腹を立てていた。

「今回のことは本当に面目ありません。僕の監督不行き届きで領内から、家族を逃がしてしまいました。どんな処分でも受けます」

クルトは悄然と首を垂れた。

「家族を逃がしてしまったということは、ドリモア男爵は彼らに対し何らかの措置をしていたということか？」

フリードリヒはクルトに問う。

クルトは順を追ってこれまでの出来事を話し始めた。

まずリデルから手紙をもらい急ぎ領地に戻ると、彼らはすでにドリモア男爵家の財産を食いつぶした後だった。

自分が留学している間にリデルがギルバートと婚約していたことにも、それがイボンヌのせいで白紙に戻されていたことも初めて知りショックを受けたと言う。

そこまで聞いてフリードリヒは、リデルが誰にも相談することなく、すべてを自分の心にしまって耐えて生きてきたのだと知った。

次々に明らかになっていく事実に、クルトは家族に怒りを覚え、さらには借金のせいでリデルがウェラー侯爵に嫁いだことを突き止める。

憤ったクルトは、父を相手取り迅速に裁判を起こした。オットーから家督を取り上げると彼らを領地の片田舎にある屋敷にまとめて何とか閉じ込めたのだ。

それがつい一昨日の夜、彼らが逃げ出したことに気づいた。それもクルトが借財を返すためにとなんとか工面した金を持ってだ。

幸いミネルバとイボンヌが目立つこともあり、すぐに情報は集まった。彼らを追って北へ向かう街道に入り、夜通し馬を飛ばしてきたということだった。彼らが逃げ出す場所といったら、リデルの元に決まっていると思ったのだ。

クルトは彼女の身が心配だった。

その途中でウェラー侯爵が街道の舗装工事視察のために道中にいることを知り、リデルの危険を知らせる。するとフリードリヒはすぐさま駿馬を駆り、急ぎ城に戻った。

「旦那様、あの母娘の刑の執行はどうなさるおつもりですか？」

ハワードが硬い表情で聞いてくる。

「即刻、縛り首にしたいところだが、それを実行したらリデルが私を恐れて口をきいてくれなくなるかもしれない」

いつもは即断即決の彼が、深刻な表情で額に手を当てている。

「それは困りましたね。私も妥当な刑だと思うのですが……。奥様が悲しまれるのはつらいです」

ハワードが言う隣でドロシーも深く頷いている。リデルは北方の人間の純朴さと情の深さは知っているが、その分敵に対して苛烈なことに気付いていないのだ。

「奥様とはうまくいってらしたのに。そんなことになれば残念です」

ドロシーの言葉に、使用人一同は溜息をついた。クルトだけが顔をこわばらせている。

「そうだな。あいつらをこの領で処分するわけにはいかないだろう」

そう言って、フリードリヒはクルトに目を据える。

「ドリモア男爵、あなたはどうしたい？」

クルトは姿勢をただす。

「ミネルバとイボンヌに関しては、絞首刑でも意義はございません。しかし、父に関しては……」

そこで、クルトは言いよどむ。フリードリヒは彼の答えを待った。

「僕は爵位をリデルに返します。男爵領も元々は彼女のものです。父と共に平民として市井でつつましく暮らしたいと思います」

クルトはそう言ってフリードリヒに頭を下げた。

本来ならばこれで手打ちと頷くところだが、フリードリヒは静かに目を閉じる。

はっきり言って、イボンヌのような女は嫌いだ。彼女を見た瞬間、いやな映像が浮かんだ。

――斧を持ち笑う女。

やけに鮮明で、フリードリヒの過去の記憶の一部なのだろう。その女がイボンヌと重なる。正直、消してしまいたいと強く願う。

（あの女は、リデルを傷つけた。絶対に許せない。だが、リデルに嫌われたくない。それに……彼女が悲しむのはもっと嫌だ）

彼の頭の中はそんな思いで占められていた。

◇

翌朝リデルが目を覚ますと、心配そうにドロシーがやってきた。

「奥様、お加減はいかがですか？」

「ええ、大丈夫です。迷惑をかけてごめんなさい」

泣いて寝入ったせいかリデルの目は腫れていた。

「そんな迷惑だなんてとんでもないです。私共が奥様をお守りできなくて申し訳なく思います。奥様、これを目にお当てくださいませ」

ドロシーが冷えたタオルを差し出す。リデルはおとなしくそれを目に当てた。冷たさが心地よい。

「ありがとう。ドロシー。それで、保存食の方はどうなっていますか？」

「それならば、ご心配いりません。二、三日中には十分なたくわえができますから、どうか奥様はゆっくりお休みくださいませ」

それから給仕がリデルのために軽い朝食を運んできた。

食欲はわかないが、とにかく食べなければ彼らが心配する。リデルはラム肉と野菜がよく煮込まれた温かいスープと黒パンを半分ほど食べ、ベリーのシロップ漬けを口にする。

その横で、ドロシーがほんの少しブランデーの入った紅茶を注ぐ。一口飲んだリデルは意を決したように口を開いた。

「それで、旦那様はどちらに？」

「今は執務をされています」

「そう、それでクルト兄様はどうしていますか？」

リデルは身づくろいをしようと立ち上がる。

「奥様、落ち着いてくださいませ。どうか旦那様を信用なさってください。絶対に奥様が悲しむようなことはなさらないはずです」

ドロシーが懇願するように言う。

「信用……ですか」

確かに今のフリードリヒとリデルの間には絆（きずな）が存在している。しかし、二人は価値観も性格も育った環境も全く違う。

リデルは、そのことに不安を抱いているのだ。

　結局立ち上がるとふらつくこともあり、リデルはその日、自室で静養することになった。オットーたちの処分はどうなったのか、それが気がかりだった。

　リデルがちょうど午後のお茶を飲んでいる時に、部屋にノックの音が響いた。返事をするとフリードリヒが入ってきた。いつもより、少し表情が硬い。リデルはソファから立ち上がると深く腰を折る。

「旦那様、本当にご迷惑をおかけしました」

「だから、リデルが詫びるようなことではないと言っているだろう」

　フリードリヒの笑顔はぎこちないが、声音には彼女をいたわる色がある。

「クルト兄様とお話になったのですか？」

「ああ、どういう経緯でこういうことになったのか聞き、今後のことを話し合ってきた」

「私は同席させてもらえなかったのですね」

　リデルはしょんぼりと肩を落とす。フリードリヒがリデルをソファに座らせ自身も横にかけると、やさしく彼女の肩を引き寄せた。

「リデル、落ち着いて聞いてくれ。まずドリモア卿は男爵家の家督の返還を申し出てきた。君に財産のすべて相続してほしいと言っている。それで、父親の減刑を請うてきた」

「え？　そんなの……困ります。それに父親の減刑って」

リデルはもう故郷に何の未練もなかった。この地に骨をうずめる気でいる。それにオットーのことは心配していなかった。彼は貴族だし、直接リデルに手出しをしていないからだ。

「ドリモア卿は自分が留学している間に、君が不当な目にあわされていたことに責任を感じているようだ。だから、父親と共に市井で暮らすと言っている」

「そんな！　クルト兄様は私によくしてくださいました。そもそもクルト兄様が留学したのも、領地を立て直すための勉強をするためです」

「わかったよ。リデル」

「それで、あの二人はどうなったのです」

ミネルバとイボンヌの処遇が気になった。

「安心してくれ、絞首刑にはしない。だが、金輪際この領にも立ち入らせない」

「あの、手や足を切り落としたり……」

リデルが震える声で尋ねると、フリードリヒは首を振る。

「大丈夫、君が心配するようなことはしないから」

フリードリヒの言葉に、リデルはひとまず胸をなでおろす。

「それで、なぜ伯父様方はこちらの領地に来ることになったのですか？　クルト兄様と喧嘩でもしたのでしょうか」

リデルはそれが気になっていた。

「ドリモア卿の話では、もう二度と王都へ行ったり、派手な生活を送ったりできないようにと彼らを領地のへき地へ追いやったらしい。しかし、彼らはドリモア卿には秘密で金を持ち出し、私が記憶を失い使い物にならなくなったという噂を聞きつけてここまでやってきたというわけだ」

「ひどい……」

「そのような噂が流れたのは、私が社交をしなかったせいもある。それでリデルは、絞首刑は嫌なのだな？」

「はい」

これはリデルのわがままなのだと思う。彼には貴族としてのメンツがある。平民に城で好き勝手にされたのだ。許すわけにはいかないのだろう。

「怖いんです。私がもっとしっかりしていたら、ここまでの大事にはならなかった。城の中に入れたのが間違いだったのです」

「違う君のせいではない。それで、リデルは彼らをどうしたい？」

リデルはフリードリヒの問いに驚いた。この領で、彼は裁判権を持っているのだから、リデルの意見など必要ないはずなのに。

「私、……ですか？」

「リデルの意見を尊重したいと思っている。これから、長く夫婦でいるのだから、一緒に考えよう」

フリードリヒが真摯な瞳でリデルに問う。

「旦那様……」

リデルの心がじんと熱くなる。

フリードリヒの温かいまなざしに背を押されるように、リデルは臆することなく自分の意見を口にした。

「男爵位はいりません。クルト兄様には今まで通り男爵領を立て直していただきたいです」

「わかった。私から、彼にそう伝えよう」

「それに伯父様たちが二度と私の前に姿を現さないのならばそれでいいです」

「そうか、ドリモア卿の件については了承した。だが、いずれにしてもあの三人は罪を犯した。簡単に許せば図に乗る。この先、彼らを生かすなら、二度と人に迷惑をかけないよう反省を促すことも大事だ」

ここはリデルが引く番だと思った。これはフリードリヒとの夫婦の対話なのだ。

「わかりました。ただ一点彼らに私を殺める気はなかったことだけは……」

「心配しなくても大丈夫だ、リデル。私がここで彼らを裁かない以上、あとの判断はドリモア卿に任せるよ。結果も必ず君に知らせる」

フリードリヒの言葉にリデルは頷いた。

せっかく目の腫れが引いたのに、彼の思いやりにまた涙がこぼれそうになる。リデルに相談など必要ないのに、フリードリヒは彼女を尊重してくれた。それがたまらく嬉しい。

「今日のリデルは泣き虫だな」

そう言ってリデルの髪にやさしく手を触れる。

「旦那様、ありがとうございます」

フリードリヒは、一度挫(くじ)かれたリデルの自尊心を守ろうとしてくれていると感じた。彼の思いが、彼女の辛い過去の記憶を風化させていく。

「では、私は行くよ。リデル、もう少し休むといい」

「いいえ、そんなに甘えるわけにはまいりません。私も行きます。それにお仕事が残っていますし」

「いいから、リデルはしばらく休め。働きすぎだ。そんなことより、今日はリデルと一緒に食事をとれるかい？　私一人では寂しい」

そう言うフリードリヒは本当に寂しそうで、リデルはそっと彼を抱きしめた。

（なぜ、この人はどきどき迷子になった子どものような顔をするの……）

フリードリヒが、執務室に戻ると再び主だった使用人と領兵の面々が集まっていた。

そこにはクルトの姿もある。

「それで旦那様、結局のところどうなさいます？」

ハワードが場を代表して口を開いた。甘い処罰などみな許せないと思っている。

彼らが、リデルの人生をどれほど踏みにじってきたのか知っているし、侯爵家に対する侮辱も許せないのだ。彼らはここで働いていることに誇りを持っているのだから。

「地下牢につないでいる三人はここの領では裁かない」

フリードリヒの決断に使用人たちが息をのみ、クルトが深く頭を下げた。

「それから、ドリモア卿。あなたはこのまま男爵領を守ってくれ。そしてあの三人を絶対に自領から出すな」

「それは、またどうして……」

クルトが驚いたようにフリードリヒを見る。

「リデルの願いだ。リデルは君が男爵領を立て直すことを望んでいる」

「ありがとうございます。必ずや男爵領を立て直します。そして、絶対に領地から出られないようにするために、あの三人には裁判を受けさせます。無罪放免とするわけにはいきませんから。その際、父は貴族籍から抜きます」

「了承した。これはリデルの温情だ。二度目はない」

「ありがとうございます」

再び、頭を深く下げるクルトにフリードリヒは言った。

「リデルが、あなたにはよくしてもらったと言っていた。……リデルを安心させるためにも少し話してくるといい」

フリードリヒの言葉に、クルトが一筋涙をこぼす。

その姿を見て、フリードリヒは思う。家族に恵まれないのは彼のせいではない。誰のせいでもないのだ。

使用人たちもリデルのことを慮り、そこが落としどころだろうと皆が納得したように頷き、それぞれ持ち場に戻っていった。

そして、ハワードとドロシーだけが残る。

「それで、旦那様」

「なんだ」

「どこまで記憶はお戻りなのでしょう？」

こっそりと聞いてくるハワードにフリードリヒは頭を抱えた。

「ああ、リデルとの結婚契約を破棄して新たに契約しなおしたい」

フリードリヒが絞り出すように言う。

「あの、女性恐怖症は治っていらっしゃるようで何よりです」

ハワードが控えめだが、嬉しそうに言う。

「不思議と治っていた。リデルのおかげで、善良な女性もいると理解できた」

「はい、そういったことに男性も女性もないと思います。男性にも悪人はいくらでもいますし、女性にもよい人はたくさんいます」

ドロシーが言う。

「そうだな。ドロシーの言う通りだ……。不思議とリデルに初めて顔を合わせた日のことを鮮明に覚えている」

「それは結婚を申し込みに行った日ですからね」

ハワードの相槌にフリードリヒは首を横に振る。

「あれは私にとっては日常的に果たす義務と同じことだった。だが、馬車から降りてリデルを見た瞬間、音が消えたんだ」

「は？」

ドロシーもハワードも主人が何を言っているのかわからなくてぽかんと口を開ける。

「彼女だけが光り輝いて見えて、音も景色もこの世のすべての雑音が消え、私は彼女のもとへとまっすぐに向かったのだ」

「ああ、なんてことかしら……」

ドロシーが小さく呻く横で、ハワードが驚きに目を見開く。

「旦那様、それは一目ぼれではないでしょうか？」

「あれが……、そう、なのか？」

愕然としたようにフリードリヒは言った後、我に返り執務机にがんと頭を打ち付けた。

「くそっ、結婚前に彼女に何と言ったかも思い出してしまった。あんなひどいことを言って、どの面を下げて普通の夫婦になりたいなどと言えるんだ。つい女性と二人きりの空間から早く去りたくて高圧的な態度をとってしまった。リデルの私への第一印象はきっと最悪だろう」

彼は頭を抱える。あの時はリデルと二人きりになり、妙な胸の高鳴りを感じ緊張していたのだ。

女性恐怖症にもかかわらず、まさか女性に一目ぼれするとは思いもよらない。

フリードリヒは遠い過去に思いを巡らせる。

ことの発端は母親と父の愛人との諍（いさか）いだった。子どもの頃、半狂乱になった愛人に切りつけられ殺されかかり、顔に傷を負ったのだ。こめかみの傷は戦場で受けたものではない。

母には父のような人間になるなと塔に閉じ込められ、「ずっと子どものままでいるのよ」と大人になることを拒絶され貧しい食事しか出されなかった。

父は戦に夢中で息子には無関心、愛人の子が亡くなって初めてフリードリヒの存在を思い出し塔から連れ出した。そこからは、戦士として鍛えられ跡取りの教育がなされ、今のフリードリヒに至る。

しかし、それらの辛い過去はリデルに対する仕打ちの言い訳にもならない。

過去の記憶が少しずつよみがえるたびにフリードリヒは苦悩した。

その間も、リデルへの思慕は募っていく。

領地のために忙しかったこともあるが、断片的ではあるが強烈な過去の映像に苦しみ、彼は城をあけ一人で視察に出ることが多くなっていたのだ。その隙をつくように今回の事件が起きてしまったことをフリードリヒは激しく後悔していた。最愛の女性なのに守ることができなかった。

フリードリヒはハンナがリデルを傷つけている姿を見た時、母の記憶の断片がうかび、イボンヌを見た時に父の愛人の姿を思い出した。

彼女たちが許せないと、どうしようもなく激しい怒りが心の奥底から湧いたのだ。

◇

リデルは、短い間ではあったがクルトとも旧交を温めることができた。彼はリデルに深く謝罪し、感謝していた。その後、彼はオットーたちをリデルの目に触れさせないため、翌朝早くに城を発っていった。

二日ほど休んだ後、リデルは執務に復帰した。

しかし、仕事が溜まっていることはなく、フリードリヒやハワードがこなしてくれていた。工房や温泉宿の件はドロシーが細かな点をつめ、進めてくれている。ドロシーはリデルにとって、仕事をしていく上でもなくてはならない右腕のような存在になっていた。

リデルの復帰後は、フリードリヒは冬が来る前に二軒目の宿屋の工事を終えるつもりだと街道を行き来して精力的に働いた。しかし、三日以上城を留守にすることはなくなった。リデルを心配しているようだ。

リデルも領地の温泉宿を増やす計画を立て下見をしたり、フィーの工房で働きたいという領都の若者の面接を進めたりしている。

もちろん新人の採用ではフィーの意見が重要だ。彼女の弟子を選ぶのだから。時にはドロシーも交えて皆で真剣に人選し、五人ほど来たうちの一人を採用した。

「センスもいいし、熱意もあって人柄もよさそうでよかったです」

フィーが目を輝かせて言う。ここにきた頃はやせこけて自信がない様子だったのが嘘のように、今では明るく溌剌とした表情をしている。彼女を雇って本当によかったとリデルは思う。

「フィー、いつか王都にも卸したいわね」

「え？　この工房で作っているものをですか？」

「そうよ。あなたを馬鹿にした親方や兄弟子たちを見返してやりましょう！」

「奥様……」

フィーははにかむように微笑み、何度も頷いた。

領主が帰ってきて街道の整備や土木などの仕事が増えてきて、人口も増加し始めた。それにともない町も活気づいてきている。

いつの間にか飲食店や雑貨屋なども多くなり、今夏は領都初のカフェがオープンする予定だそうだ。冬場は閑散としがちな領都も店が増えた今年は例年よりにぎやかになりそうで楽しみだ。

リデルは領民の娯楽が増えることを嬉しく思う。

あれから、フリードリヒはオットーたちがどうなったのかをきちんとリデルに伝えてくれた。裁判の末、オットーは貴族籍から抜かれ、ミネルバやイボンヌとともにドリモア領の片田舎にある小さな邸で暮らすことが決められた。もし敷地内から出ることがあれば、労役につくことになるそうだ。そしてクルトは、領地経営に奮闘しているという。

「今度、君のご両親の墓参りに行こう」

そんなふうに提案してくれた。

リデルは、今はフリードリヒに対して感謝の気持ちでいっぱいだった。戦場から記憶を失って帰ってきた夫を支えているつもりでいたが、いつの間にか支えられ守られていた。

フリードリヒのそばはとても温かくて、リデルは安心できる。これから先の人生もずっと彼と共に歩んでいきたい。

（私は旦那様のことを……）

リデルの胸は高鳴った。

いよいよ領地に本格的な冬がやってきた。二人は執務以外でも寄り添うようにずっとそばにいた。使用人たちはそれを温かい目で見守った。

ある晩、暖炉の前で果実酒を楽しんでいると夫が真剣な口調で切り出した。

「リデル、実は結婚の契約のことだが」

「はい」

「以前も言ったと思うが、私は君と普通の夫婦になりたい。こちらから一方的にひどい条件を押し付けておいて勝手な話だが、考えておいてくれないか？」

「……はい」

けっして嫌ではない。むしろ嬉しいと思うし、ずっとそばにいたいと望んでしまう。

だが、それ以上にリデルは不安になるのだ。

「あの、以前の旦那様は私に触れるのも嫌がっておいででした」

だが、今は肩に触れリデルの長い髪を自分の指に巻いたり伸ばしたりしている。

「私は君に触れたくてたまらない」

その言葉にリデルは頬を染める。だが同時に恐れもあった。

「私と普通の夫婦になり一緒に過ごしたとして、もしも記憶が戻ったらその時はどうなさるおつもりですか？　私を拒絶するのではないでしょうか。それがとても怖いんです」

彼のことは信頼しているし、今では愛情もある。だからこそ、いったん受け入れた後に拒絶されたら、耐えられない。ギルバートの時よりもずっとずっと傷つくだろう。

「そのことなんだが……実はもう、記憶は戻っている」

リデルは言葉を失い、しばしぽかんとした。二人はまじまじと見つめ合う。

「はあ？　い、いつですか！　本当ですか！　どうして私に触れても大丈夫なのですか？　なぜ、今まで何も言ってくれなかったのですか」

リデルはこぼれんばかりに目を見開き、彼女にしては珍しく、身を乗り出してまくしたてた。

「その、以前の私は女性に対しての不信感から毛嫌い、いや恐れてすらいたが、記憶を失いリデルといい関係を築けたおかげで治ってしまったようだ。城のメイドも平気になった。もっとも、リデル以外には触れたいと思わないが」

会話はほぼ例外なく筆談で、あれほどリデルを拒絶していたのだ。にわかに信じがたい。

「ほんとに治ったのですか？　過去を思い出したのに？　そのようになった原因を思い出していないだけではないですか」

フリードリヒは首を振る。

「いいや、なぜ女性が恐ろしくなったのかも思い出している。君もうすうすは気づいていたんじゃないか。ときどき私を恐れるような目で見ていた」

「それは……いつもは優しい旦那様が、ときどき出会った時と同じピンと張りつめた空気を纏うことがあって。もしかして、過去を思い出したのではないかと……。私は、それが怖くて」

女性に対して何かあることは彼が戦争に行く前にそれとなく気付いていた。

「私は、リデルに結婚の契約を一方的に押し付け、脅すような言い方をした。あの時の君はとてもおびえていたようだった。本当にすまなく思う」

フリードリヒが居住まいをただし、頭を下げる。

「いいえ、あの時は旦那様も女である私が怖かったのですね。では、あの、本当に……思い出したのですね」

「いやな話ではあるが、君には私がなぜ、そうなったのか話そうと思う。不快ならば、途中でやめるし、私に同情する必要はない」

「旦那様がよければ、お話をお聞かせください」

リデルが率直な気持ちを伝えると、彼は淡々と過去を語り始めた。

彼の父ゲオルグは戦いを好み常に戦場に身を投じていた。そんな折、隣国の第四王女テレジアとの結婚が決まった。これは王命による政略結婚だった。

しかし、プライドが高く気性の激しいテレジアと攻撃的なゲオルグでは性格が合わず、一年後にフリードリヒが生まれたものの、二人の仲は冷えきっていた。そのうえ、ゲオルグには愛人がいて、子の誕生さえ喜ばなかったという。

その後ゲオルグが城に愛人を迎えようとするも、テレジアは激しく抵抗した。するとゲオルグは愛人のために邸を作りそこに入り浸り、やがて男の子を設けた。愛人はこれ幸いとその子どもを跡継ぎにしようともくろんだ。

そしてフリードリヒは夫から愛されず嫉妬に狂った母親によって、塔に閉じ込められた。

「あなたは、大人になってはだめ」と食事も満足に与えられず泣き叫んでも暗闇から表に出してもらえることはなかった。

最初の頃はいつか誰かが助けてくれると思っていたが、そんな奇跡は起きず、暗く不衛生な牢獄のような部屋で月日の感覚もなくなり、感情が擦り切れるほどの長い時間を過ごした。

だが、ある日のことドアに何度も重い何かを打ち付ける大きな音が響いた。やがて扉は破壊され、フリードリヒは久しぶりに見るまぶしい光に目を細めた。

父の愛人が斧を握りしめ立っていた。助けてもらえるのかと思ったフリードリヒだったが、父の愛人の異様な様子に一瞬で違うと悟る。

彼女はフリードリヒに斧を振り上げた。

「絶対にあんたの母親が私の子を殺したのよ！　だから、お前も死ななければならないの！」

半狂乱で泣き叫び、斧を振るう彼女のもとに父親が駆け付けた時には、フリードリヒは顔にも体にも大けがを負っていた。

その後、フリードリヒは城に移されて手厚く看護されることになった。愛人の子どもは殺されたわけではなく事故で亡くなっていた。愛人の息子が死んだことで、父はフリードリヒの存在を思い出したようだ。

ある晩、屋敷の中が騒然としていた。

「火事だ」と使用人たちが口々に叫ぶ声が聞こえる。

フリードリヒはケガが回復したばかりのやせこけた体で窓の外を見ると、父の愛人が住む邸が燃えていた。彼は長い間の栄養不良で体力のなくなった身体に鞭打って、火事場に向かう。そこに母の姿を見た気がしたからだ。

体力を振り絞り息も絶え絶えで火事場に着くと、燃え盛る愛人の邸の前で母が哄笑していた。

「あははは、馬鹿な女、いい気味よ」

ひとしきり笑うと彼女はフリードリヒを振り返る。

炎にてらされた母の髪は乱れ悪鬼のように見えた。

「神に穢れは祓われたわ！　さあ、私のかわいい子。塔へ戻りましょう」

テレジアが歌うように上機嫌で言い、フリードリヒのやせこけた腕をつかむ。恐ろしくて振り払いたいのに、振り払えない。ぎりぎりと強い力で腕をつかんでくる。彼女の爪がフリードリヒの細い腕に食い込み、うっすらと血がにじむ。母は狂ってしまったのだ。子ども心にそう悟った。

そこへ父と番兵たちがやってきて、半狂乱になった母は取り押さえられどこかに連れていかれた。フリードリヒは体力もつき、その場で気を失った。

あくる朝目覚めると父が寝室へやってきた。

「フリードリヒ、跡取りはお前だけになった。だが、お前が弱ければ、ウェラー家の跡取りとは認められない。王国に忠誠を誓い強い騎士となるならば、この領地はやがてお前のものとなるだろう」

愛人は焼死し、実母は療養と称してどこか遠くへ送られた。

フリードリヒは体の傷が癒えた後、騎士養成の寄宿学校に入った。それから五年後首席で卒業し家に帰ると母の病死を知らされた。しばらくして、父も遠征先で病にかかり、戦地で命を落とした。

「それから、私は一心に学び一流の騎士になるべく努め、戦いに身を投じた」

フリードリヒがそこまで話すと、リデルは涙を流した。

それほど酷い目にあいながらも、再び人を信じられるようになった彼は強く素晴らしい人だ。思い出してもなお過去の自分に戻ることなく彼は乗り越えた。

「もういいです。十分です。なんてひどいの」

リデルが両手でソファを打つ。

「リデル、不快な話ですまない」

彼女の涙に、今まで淡々と過去を語っていたフリードリヒがおろおろする。

「だが、同情などしないでくれ、私が受けた仕打ちと、私が君にした仕打ちは違う。どうか見誤らないでほしい」

「同情？　私は腹が立って腹が立って仕方がありません！」

「え？」

虚を突かれたような顔をする。

「過去を思い、悔しがったり、憤ったりはしないのですか！　そんなのあんまりです」

そう言ってリデルがフリードリヒをぎゅっと両腕で抱きしめる。

「あなたが悪いわけはないのに。なんの責任もないのに、どうしてそのような酷い目にあわなくてはならないのですか」

リデルが自分のことのようにフリードリヒの身の上に起こった悲劇に腹を立ててくれている。そのことに彼は驚いた。

「憤ったことはあったな。時折、あの閉鎖した塔へ行った」

フリードリヒの告白は続く。

「え？」

「あの塔の部屋の扉をあそこまで激しく壊し、部屋を荒らしたのは大人になり家督を継いだ私だ」

リデルが大きく目を見開き、息をのんだ。

「結婚した当初、私はあの塔から獣の遠吠えを聞いた覚えがあります。もしかしてあれは……」

「君を怯えさせてしまったようだね。みっともない真似をした」

フリードリヒは意気消沈する。

「みっともなくなんかないです。怒って当然なのですから」

そう言ってリデルが優しくフリードリヒの背中をさする。

「ありがとう、リデル」

リデルの澄んだ若草色の瞳に春の陽だまりのよう温かな色が宿る。

「後は……悲しむだけですね……子どもだったあなた自身の為に。無力だったから抵抗できなかった。あなたは被害者です」

「私が被害者？」

初めて、掛けられた言葉にフリードリヒは呆然とする。

「旦那様は、心の傷も癒えないまま戦争に駆り出され、今まで自分の為に悲しむことすらしてこなかったのですね」

「自分のために悲しむ？」

フリードリヒは、リデルを見つめた。

「あなたはこの領にとっても、私にとっても、かけがえのない人です。子どもだったあなたに私は救いの手を差し伸べられないけれど、せめて今だけは……」

リデルがそっとフリードリヒの頬に手を差し伸べた。その手は温かく柔らかい。

「リデル……君は」

フリードリヒの頬に一筋の涙が流れた。彼はこの時初めて過去の自分を憐れんだ。

◇

あくる朝、二人は同じ寝室で目覚めたが、ただの添い寝だ。泣きながら手をつなぎ、眠りに落ちてしまった。目覚めたはいいが、気恥ずかしい。

お互いにもじもじとして向き合った後、フリードリヒがおもむろに居住まいをただす。

「リデル、昨日の続きなのだが、私は君にひどい条件を突き付けてしまったので、どの面を下げて普通の夫婦になりたいなどと言えばよいのか、ずっと逡巡していた」

フリードリヒが叱られた子どものように、しょんぼりとうなだれる。リデルはそんな彼を放っておけなくて、さらりとした砂色の髪に指を入れ、梳くように撫でた。

戦場から帰ってきてからの夫は大きな体をしているのに、不思議とかわいく感じることがある。そして愛おしい……。リデルは自分の恋心をはっきりと自覚している。フリードリヒのいない未来など考えられない。

「旦那様、私たちそろそろ普通の夫婦に……いえ、本物の家族になりましょうか」

フリードリヒは顔を勢いよく跳ね上げた。

「いいのか？　リデル」

すがるような瞳でリデルを見つめる。

「はい」

リデルがうなずくと、彼は頬を紅潮させ歓喜の表情を浮かべた。

◇

翌日、仕事の合間にリデルはフリードリヒに散歩に誘われた。二人でのんびりと景色を楽しみながら歩いた。

一面に咲くシロツメクサの花畑で突然フリードリヒが立ち止まる。

「旦那様、どうなさったのですか？」

怪訝そうにリデルが問う。

すると突然彼がリデルの前にひざまずいた。

「リデル、私と結婚してくれないか」

そう言って指輪を差し出す。繊細で美しい細工だ。台座にはこの地を象徴するラピスラズリが輝いている。きっとフィーの手によるものだろう。

「やり直したいんだ。プロポーズから」

リデルは迷わずフリードリヒの手を取り、花がほころぶように笑った。

彼は立ち上がり、リデルを抱きしめる。

「結婚式もう一度やり直したいんだ」

「はい？」

リデルはまた、驚きに目を瞬いた。

◇

今シーズンは王都の夜会へ二人そろって参加することになった。

フリードリヒの記憶も戻ったことだし、あまり社交をサボってはいられない。

「なんだか、緊張します。旦那様」

王宮の長い廊下を、夫にエスコートされながらリデルは頬を染める。初めて来た時には、こんな胸の高鳴りはなかった。

「リディ、旦那様はないだろう。お互いに愛称で呼び合うように約束したじゃないか」

「そうね。フリード」

二人は照れくさそうに目を合わせ微笑んだ。

仲睦まじさを通り越し、いちゃいちゃしているようにしか見えない二人の様子に会場ではどよめきが起こった。みなフリードリヒの姿に恐れ慄いている。リデルの目には夫は愛らしく映っているが、周りからは少し違うようだ。

しかし、そんな彼も王族に呼ばれれば、軍神と呼ばれる凛々しい顔に戻る。不器用だった夫が随分と器用になったものだなとリデルは思う。

温かい気持ちでフリードリヒを眺めていると「リデ……ウェラー侯爵夫人」と、戸惑いをにじませた声が聞こえて振り向く。クルトが立っていた。

「まあ、お兄様、お久しぶりです。そんな、侯爵夫人なんてやめてください」

「そうもいかないよ」

慌てるクルトの横に清楚な女性が寄り添っている。

リデルの視線に気づいたのか、クルトは嬉しそうに妻だと紹介した。ミネルバやイボンヌとは真逆の知的な雰囲気を漂わせる女性で、二人はとても幸せそうだ。

しかし、リデルの心配事はほかにあった。

「あの……その後は？」

もちろんオットーたちのことである。

「最近やっと静かになってきたよ」

「まあ、そうだったんですか」

ひとまずその知らせを聞いてほっとする。

「使用人を最小限に抑えたら、あの父が敷地内の庭で農作業をするようになった。それからミネルバはふて寝していてすっかり太ったよ。イボンヌは、少しは反省しているようで、自分のものは自分で洗濯するようになった」

クルトはミネルバを絶対に母とは呼ばなかった。それは今でも変わらない。

「まあ、伯父様が農作業に、イボンヌ様が洗濯……」

あまりの変わりようにリデルは驚いた。

「クルト、それにウェラー侯爵夫人も、イボンヌは信用できません」

その横でクルトの妻がきっぱりと宣言すると、クルトが苦笑した。

「いずれにしても彼らはあの敷地から出られない。見回りを徹底しているんだ。だから君には安心して、ご両親の墓参りに来てほしい」

リデルも気になっていたことだったので、そう言ってもらえると嬉しい。

「ええ、ぜひお越しくださいませ。ウェラー侯爵夫人」

ドリモア男爵夫妻がそろってにっこりとほほ笑む。

「ありがとうございます。今度ぜひ」

リデルが彼らに頭を下げると、かえって恐縮されてしまった。

その後もリデルの元へ、フリードリヒの部下が妻を伴って挨拶に来る。

今まで領地から出ることなく、社交をしていなかったので、リデルは突然地位が上がってしまった自分に戸惑いを感じる。前回とは別の意味で居心地の悪さを感じた。

「こんばんは、ご夫人」

耳慣れた人懐っこい声に振り向くと、トニーが果実水を持って近づいてくる。

見知った顔にほっとするリデルに、トニーは果実水を差し出した。

「アンドレア様、ありがとうございます。久しぶりの夜会で緊張してしまいますね」

彼は時々領地に遊びに来るので、今ではなぜかクルトより気安く感じる。

「ところで、ご夫人。俗な話題をいくつか」

「何でしょう？」

「ハンナたちがどうなったかご存じで？」

「確か、貴族籍から抜けると聞きましたけれど」

その後のことをリデルは知らないし、忙しくて忘れていた。

「彼らは働いていますよ」

まじめになったようでよかったと、リデルは思った。

「下働き、食堂、いろいろ職を転々としているようです。後は細々と貴族だった頃の財産で食いつないでいるようです」

トニーの話を聞いてぎょっとした。

「え？　貴族籍を抜けても、家庭教師の仕事などもありますよね？」

ハンナたちの現在の状態は、異常事態といえる。

「それが、もともと彼らは評判の悪い貴族でしてね。侍女も家庭教師も上級使用人もすべて断られたそうです」

「……それは、また」

気の毒とは思うが、彼らがどれだけ傍若無人にふるまっていたか目に浮かぶような気もする。

「フリードと初めて王宮の夜会に来た時、夫人は彼らにお会いにならなかったでしょう？　フリードが手をまわしたのか、元から招待されていなかったようです」

「そんな事情があったのですね」

知らないところでリデルは最初からフリードリヒに守られていたのかもしれない。彼女はそんな思いを抱いた。

「住む世界が違うので、夫人がもう彼らと会うことはないでしょう」

人の縁の不思議さを感じる。フリードリヒとの出会いがなかったら、リデルはどうなっていたのだろう。彼がリデルを見つけてくれたから、今の幸せがある。

「で、話は変わりますが、夫人の二度目の結婚式。あれは本当に素敵でした」

トニーが相好を崩す。

「ありがとうございます」

リデルは頬を朱に染める。結局、フリードリヒとの二度目の結婚式を領地で挙げたのだ。二度も結婚式を挙げる夫婦などいるのだろうか。

フリードリヒは軍神と呼ばれ無口で交流はほとんどなかったけれど、ひとたび戦場に立てば、部下を後ろに庇い先陣を切る彼の姿に鼓舞され憧れる者が多かったそうだ。そのため実際の彼は驚くほどの人望があり、招待客が各地から続々と集まった。

しかし、軍人たちが多く集まったため、華やかというよりも少々武骨で物々しい結婚式となった。それでも一度目よりもずっと大々的で派手なものになってしまった。

城の庭でガーデンパーティを開き、ご馳走を食べダンスをし、ドロシーやハワードをはじめとする使用人たちはフリードリヒとリデルの仲睦まじい姿を見て泣いて喜んだ。やっと主人に春が訪れたと。

最後は無礼講となり、使用人たちも一緒に宴を楽しみ、最高のパーティになった。

それからフリードリヒのたっての願いで、お披露目を兼ねて領地を回った。

馬車で領都をパレードするのは恥ずかしかったが、思いのほか領民たちに温かく祝福されて、リデルの胸はいっぱいになった。

戦争でなくなっていた春の祭りも二十年ぶりに開かれた。結果は大盛況だった。

街道も舗装され、流通も少しずつだが増えている。宝石や銀器、毛織物を買い付けにくる商人も来るようになり、領は着々と栄え始めていた。

リデルがトニーと談笑していると品の良い夫婦がやってきた。

「あの、少しよろしいでしょうか？　私はドーラン伯爵家ケインと申します。こちらは妻のサマンサです。ウェラー侯爵夫人にご挨拶申し上げます」

まさか軍人以外でリデルに話しかけてくる人がいるとは思わなかったので驚いた。リデルもきちんと挨拶を返してから、微笑みを浮かべる。

「そちらには上質な毛織物と素晴らしい温泉があると伺っています」

まず品の良い夫人が口を開く。

「ええ、ございます。王都でお求めになるよりもお手頃ですし、種類も豊富ですよ。それに温泉は産後や病後、さらには休養にもよろしいかと存じます。領都までにも宿がございますし、街道も整備されていますので快適な旅が出来るかと存じます。ぜひお越しくださいませ。お待ちしております」

リデルの口からさらさらと自領を売り込む言葉がこぼれた。それを聞いたトニーが援護するように言う。

「本当にあの温泉は素晴らしいですよ。私はノースウェラー領に行くと日に何度も浸かってしまいます」

「そうですね。アンドレア伯爵はよくお越しになります。たいへんありがたいです」

なぜか彼がいると周りの雰囲気がぱっと明るくなるのだ。そのせいか城の使用人たちにも好かれている。

「ええ、ノースウェラー領はスープも酒も絶品ですから」

気づけば、リデルの周りには談笑の輪が出来ていた。そしてリデルが身に着けていた、フィーが作った飾りも話題になった。

「そのうち王都にも流通すると思いますので、お手にとっていただけると嬉しいです」

長く社交を避けていたので、今日は顔みせで来たつもりなのに、いつの間にか領地のアピールまでしていた。

「やあ、リディ楽しそうだね」

そこにフリードリヒが戻ってきた時は、さすがに場に緊張が走ったが、おおむね和やかに楽しく過ごすことができた。

二人で踊るダンスにぎこちなさはなく、疲れるまで何度も踊って夜会を楽しんだ。

社交は意外にいい息抜きになるものだとリデルは感じた。だが、そんな華やかな中にいても常に頭の中には領地のことがある。

あの北の大地が彼女にとっての故郷なのだ。

その後、リデルとフリードリヒは、王宮でふるまわれたシャンパンを手にバルコニーに出た。目の前には素晴らしい庭園と降るような星空が広がっている。

「そういえば以前、旦那様のご親族が来られた時に、離縁状まで見せられたのになぜ私を追い出さずにいてくれたのですか?」

「それは君が一番に『お帰りなさい』と言ってくれたから。それに、なんというか……君が光り輝いて見えたから」

フリードリヒが照れ笑いを浮かべる。そんな彼の姿を見るとリデルも照れてしまう。

でも、この想いだけは伝えたかった。

「本当にフリードが戦場から無事に帰還してよかったです。それから、結婚相手として私を見つけてくださってありがとうございます」

リデルが微笑むと、フリードリヒがはにかむようにうつむく。

「私もリディに見捨てられなくてよかった」

彼が安堵したような表情を浮かべるのを見て、リデルの胸はきゅっと締め付けられる。

「そんなことある訳ないです」

きっぱりと宣言するリデルに、フリードリヒがアイスブルーの瞳を輝かせた。

「私は戦場で記憶を失いさまよっているときに、美しい女神が天から舞い降りてくる夢を見た。会った時、それが君だったと分かった。だから、てっきり記憶を失う前の私は君に惚れていたのかと……いや、最初からひと目惚れだったのかもしれない」

それを聞いたリデルは頬を朱に染める。なんてロマンチストな人なのだろう。

「フリード、私はあなたに出会えて幸せです」

言葉にした途端、リデルの胸は彼への想いでいっぱいになる。

「リディ、愛している」

ほうき星が降る中で、二人は幸福をかみしめ抱擁を交わした。

※この物語はフィクションです。
作中に同一あるいは類似の名称があった場合も、実在する人物・団体等とは一切関係ありません。
※本書は「小説家になろう」(https://syosetu.com)に掲載されていたものを、改稿のうえ書籍化したものです。

宝島社
文庫

雇用結婚した令嬢と記憶を失った軍神様
(こようけっこんしたれいじょうときおくをうしなったぐんしんさま)

2024年1月25日　第1刷発行

著　者　別所 燈
発行人　蓮見清一
発行所　株式会社 宝島社
〒102-8388　東京都千代田区一番町25番地
電話:営業 03(3234)4621 ／編集 03(3239)0599
https://tkj.jp

印刷・製本　株式会社広済堂ネクスト

ISBN 978-4-299-05121-9